# DRACHENTRÄNEN

## DIE GEFÄHRTEN DER DRACHENWANDLERIN

#2

## EVA CHASE

Drachentränen

Die Gefährten der Drachenwandlerin Buch 2



Erste Digitale Ausgabe, 2017

Copyright © 2021 Eva Chase

Übersetzung: Anja Maria Lermer

Lektorat: Nadja Uebach

Umschlaggestaltung: Covers by Juan

Ebook ISBN: 978-1-990338-34-2

Print ISBN: 978-1-990338-35-9

 Formatiert mit Vellum

# 1

*Ren*

Wenn mir vor einer Woche jemand erzählt hätte, dass ich bald mit den vier heißesten Typen der Welt Campingausrüstung einkaufen würde, hätte ich in der Klapsmühle angerufen, um denjenigen abholen zu lassen. Aber da stand ich nun, in einem kleinen Laden in einer Stadt, von der ich bis vor zwei Tagen noch nie etwas gehört hatte, und bemühte mich, nicht dahinzuschmelzen, weil mir einer dieser umwerfenden Typen in eine Daunenjacke half. Als seine Finger über meine Brust strichen, lief mir ein angenehmer Schauer über die Haut.

Doch nicht nur Aarons Berührungen waren schuld daran, dass mir extrem heiß war. Die späte Juni-Sonne schien hell durch die Fenster des Ladens, und die Luft zwischen den Regalen mit Outdoor-Kleidung, Rucksäcken und anderen Ausrüstungsgegenständen war warm. Ich zwängte mich in die Jacke.

„Meinst du wirklich, dass ich *so* dick angezogen sein muss?"

Aaron grinste mich an und ein verschmitztes Glitzern lag in seinen hellblauen Augen. Mit seinen babyblauen Augen und seinem goldblonden Haar hätte er ohne Weiteres als Disney-Prinz durchgehen können. Obwohl ich mir nicht sicher war, ob ich jemals einen Disney-Helden gesehen hatte, der so gut gebaut war. Auf jeden Fall hatte ich noch nie einen gesehen, der mit einem einzigen Blick ein Kribbeln zwischen den Beinen auslösen konnte.

„Du meintest doch, du wüsstest nicht, wie weit wir in die Berge gehen müssen", sagte er mit einem leichten Krächzen, das seiner ruhigen Stimme eine gewisse Schärfe verlieh. „In den höheren Lagen wird es viel kälter sein."

„Und wir wollen schließlich nicht, dass unsere Flammenprinzessin erfriert", sagte Marco, der sich mit seinem üblichen schiefen Grinsen gegen ein Regal lehnte. Es passte zu seiner verwegenen Playboy-Attitüde, die er mit seinem stacheligen schwarzen Haar, der kleinen Narbe durch seine hochgezogene Augenbraue und seiner Weigerung, Situationen ernst zu nehmen, ausstrahlte. Seine indigoblauen Augen glitten über meinen Körper, und wieder durchströmte mich eine Hitzewelle. Sein Grinsen wurde breiter. „Auch, wenn es natürlich schade ist, dich so vermummt zu sehen."

Ich funkelte ihn an, während ich die Jacke wieder auszog. „Du wirst sicherlich ein paar Tage ohne den Anblick meines Dekolletés überstehen."

Marco gluckste. „Danach werde ich für den Rest meines Lebens Zeit haben, es zu bewundern."

Oh, ja. Das war das Detail, das für mich am schwersten zu schlucken gewesen war, bevor *mein* Leben vor einer Woche auf den Kopf gestellt worden war. Die vier Jungs, die mit mir einkaufen gingen, waren Gestaltwandler – und zwar nicht irgendwelche Gestaltwandler, sondern die Alphas ihrer jeweiligen Sippe. Marco konnte sich in einen anmutigen schwarzen Jaguar verwandeln. Er herrschte über die Katzensippe. Als Anführer der Vogelwandler war Aarons tierische Seite ein beeindruckender Steinadler.

Und ich? Ich hatte erfahren, dass ich eine Drachenwandlerin war. Eine der beiden Letzten, die es noch gab, sofern meine Mutter noch am Leben war. Falls sie es nicht war, war ich die Allerletzte. Und es war meine Aufgabe, die Gestaltwandler zu vereinen, indem ich alle vier Alphas zu meinen Gefährten nahm. Also nur kein Druck.

Es gab Schlimmeres, als mit vier verdammt scharfen Typen zusammen zu sein, versteht mich nicht falsch. Aber für ein Mädchen, das in den ersten einundzwanzig Jahren ihres Lebens mit Jungs nie mehr als ein wenig gefummelt hat, und keine Ahnung gehabt hatte, dass Gestaltwandler überhaupt existierten – konnte sich diese ganze Aufmerksamkeit ein wenig überwältigend anfühlen.

Ich legte mir die Jacke über den Arm. „Sie passt und ist bequem. Und ich will jetzt los. Ich nehme sie."

Meine Mutter war vor sieben Jahren in Sunridge, Wyoming gewesen und hatte mir eine Nachricht auf dem Stadtdenkmal hinterlassen, aber ich wollte keine Sekunde länger als nötig damit warten, herauszufinden, was danach mit ihr geschehen war.

Nate kam mit ein paar zusammengerollten Schlafsäcken unter seinen kräftigen Armen auf uns zu. Seine Bärenseite war an seinem großen, gut gebauten Körper und seinem kastanienbraunen Haar erkennbar. Doch, als er mich ansah, war sein Blick voller Wärme. Er mochte ein Grizzly sein, wenn er sich verteidigen musste, aber bei mir war er ein richtiger Teddybär.

„Denkst du, wir bleiben mindestens eine Nacht da oben, Ren?", fragte er. Bei seiner vollen Baritonstimme wurde mir wie immer warm ums Herz.

„Ich … weiß nicht genau", gab ich zu. Nachdem wir mehreren Hinweisen gefolgt waren, die meine Mutter mir hinterlassen hatte, waren wir hier in Sunridge gelandet. Und als ich den Obelisken auf dem Stadtplatz berührt hatte, hatte ich eine Vision, in der sie mir sagte, dass ich etwas auf einem bestimmten Berg finden solle. Eine Art Kraft, die sie vor sieben Jahren dorterhalten hatte.

Sie war nie wieder zurückgekehrt. All die Jahre lang hatte ich keine Ahnung, wo sie hingegangen war oder was aus ihr geworden war. Das herauszufinden, war mir wichtiger als irgendwelche besonderen Kräfte. Ich konnte mich in einen Drachen verwandeln – eine große, schnelle, feuerspeiende Drachin. Reichte das nicht?

Der Gedanke jagte mir einen ängstlichen Schauer über den Arm. Bevor mir überhaupt bewusst war, was ich tat, hatte ich einen Metallkarabiner aus einem Korb genommen und ihn in meinen Ärmel gesteckt. Verdammter Taschendiebinstinkt. Er meldete sich immer, wenn ich nervös war. Ich zog den Metallkarabiner aus dem Ärmel und legte ihn mit einem Anflug von Verlegenheit zurück in den Korb, aber zum

Glück kommentierte keiner der Jungs meinen Ausrutscher.

„Wir sollten lieber zu viel als zu wenig mitnehmen", sagte Aaron zu Nate. Von all meinen Jungs war er am praktischsten veranlagt, was ich sehr zu schätzen wusste, da ich noch einiges über die Fähigkeiten und Grenzen von Gestaltwandlern lernen musste. „Schlafsäcke sind viel bequemer als die Decken, die wir im Geländewagen haben." Er drehte sich zu dem vierten Mitglied meines Alpha-Trupps um. „Hast du nicht gesagt, im Kofferraum sei ein Zelt, West?"

Der Wolfswandler, der neben der Ladentür wartete, nickte. Die silbernen Strähnen, die sein hellbraunes Haar durchzogen, glänzten im einfallenden Licht der Sonne. Wie sein Tier war er schlank und muskulös, was nun durch seine vor der Brust verschränkten Arme, deutlich zu erkennen war.

West runzelte die Stirn, was allerdings nichts zu bedeuten hatte. Er runzelte bei so gut wie allem die Stirn, vor allem, wenn es etwas mit mir zu tun hatte. Er hatte sehr deutlich gemacht, dass er sich mit der Vorstellung, dass er dazu bestimmt war, eine Verbindung mit der Drachenwandlerin einzugehen, noch nicht angefreundet hatte. Ich konnte es ihm nicht verübeln. Offenbar hatte diese Gestaltwandler-Tradition die Sippen ins Chaos gestürzt, als meine Mutter vor sechzehn Jahren mit mir die Gemeinschaft verlassen hatte.

Es wäre allerdings schön gewesen, wenn er berücksichtigen würde, dass *ich* mit der Entscheidung, die Gemeinschaft zu verlassen, nichts zu tun gehabt hatte, bevor er seinen Unmut an mir ausließ.

„Ich weiß nicht, ob das Zelt, das wir haben, groß genug für uns fünf ist. Aber wenn man bedenkt, auf was für Schwierigkeiten wir auf dem Weg hierher gestoßen sind, sollten wir wahrscheinlich sowieso immer zu zweit Wache schieben", sagte West. „Allerdings haben wir nichts, um es zu transportieren. Wir müssen ein paar Rucksäcke mitnehmen. Denn ich gehe davon aus, dass wir nicht bis zum Schatz der Drachenwandlerinnen fahren können." Bei seinem letzten Satz wanderten seine dunkelgrünen Augen zu mir.

„Ich weiß es nicht", meinte ich. „Dieser Trip war nicht meine Idee. Mir wäre es auch lieber, meine Mutter hätte uns genauere Anweisungen gegeben."

„Wir folgen dir, Flamme", murmelte er. „Vergiss das nicht."

„Ich bin mir ziemlich sicher, dass wir einen Teil des Weges zu Fuß gehen müssen", meldete sich Aaron mit ruhiger Stimme zu Wort. Seine praktische Seite machte ihn zu einem guten Friedensstifter. „Außerdem sollten wir etwas Proviant mitnehmen, falls wir nicht jagen können."

„Ich habe auf dem Weg in die Stadt einen großen Supermarkt gesehen", sagte Nate.

„Perfekt." Ich ging mit meiner Jacke zur Kasse. „Ich hoffe, ihr habt genug Kreditkarten dabei." Zumal ich nicht einmal ein Bankkonto hatte. Ich war erst vor ein paar Monaten von der Straße weggekommen.

Marco gluckste. „Keine Sorge, Prinzessin. Geld ist für uns alle kein Thema."

Er bezahlte unsere Ausrüstung, die es in Sunridge zum Glück in Hülle und Fülle gab, da der Ort in der Nähe eines erstklassigen Wander- und Campinggebiets lag.

Dann fuhren wir zum Supermarkt. Ich blieb im Auto sitzen, als die Jungs ausstiegen.

„Bringt mir ein paar scharfe Beef Jerky und Doritos mit, wenn sie welche haben", sagte ich. „Ansonsten vertraue ich auf euer Urteilsvermögen. Ich will Kylie Bescheid geben, bevor wir keinen Handyempfang mehr haben."

Nate drehte sich zu mir um. „Du solltest nicht allein im Auto bleiben. Ich werde dir Gesellschaft leisten."

Am liebsten hätte ich ihm gesagt, dass ich schon klarkommen würde, doch vielleicht würde ich das eben nicht. Wir waren bereits auf dem Weg in die Stadt von einer Gruppe abtrünniger Gestaltwandler angegriffen worden – vermutlich dieselbe Gruppe, die vor all den Jahren meine Väter und meine Schwestern ermordet hatte. Deshalb war meine Mutter mit mir geflohen. In Anbetracht der Umstände konnte man ihr das nicht wirklich verübeln.

Zum ersten Mal hatte ich es geschafft, mich in eine Drachin zu verwandeln, um den Angriff abzuwehren, und ihren augenscheinlichen Anführer zur Strecke zu bringen, doch ein paar von ihnen waren entkommen. Und wir wussten nicht genau, wie viele von ihnen sich noch in dieser Gegend herumtrieben.

Die Abtrünnigen hielten sich nicht an die Regeln der Gestaltwandler. Sie setzten Waffen gegen ihresgleichen ein, sogar Schusswaffen, was nach Aussage der Alphas streng verboten war. Gestaltwandler heilten schnell, doch die Schusswunde an meinem Arm schmerzte immer noch.

Also lächelte ich Nate an und sagte: „Klar. Sei nur

nicht beleidigt, wenn ich all meine Aufmerksamkeit meinem Handy widme."

Nate griff über die Rückenlehne des Sitzes und drückte meine Schulter. „Ich werde dich nicht davon abhalten, mit deiner Freundin zu sprechen."

Der Bärenwandler blieb hinter mir sitzen, während die anderen Jungs in den Laden gingen. Ich zog mein Handy hervor. *Hey, Ky. Wie geht's dir?*

Meine beste Freundin war vor ein paar Tagen bei uns gewesen, als die abtrünnigen Gestaltwandler zum ersten Mal versucht hatten, mich umzubringen. Sie wäre dabei fast draufgegangen. Deshalb hatte ich darauf bestanden, dass sie nach Brooklyn zurückfährt, sobald sie sich erholt hat, und nicht mit uns kommt.

Sie schrieb beinahe sofort zurück. *Mir geht's gut! Ich würde sagen, 95%.* Sie fügte ein zwinkerndes Emoji hinzu. *Bis morgen sollten es 100% sein. Was treibst du so? Hast du es nach Sunridge geschafft? Was hast du dort gefunden? Ich will Antworten!!!*

Ich musste lächeln. Kylies überschäumende Energie war selbst in Textform unverkennbar. Ich konnte mir richtig vorstellen, wie sie in dem Gestaltwandlerdorf, in dem sie geblieben war, in einem Sessel auf der Veranda lümmelte und mit ihrem neonpinken Pixie-Haarschnitt um die Wette strahlte.

Als ich überlegte, was ich sagen sollte, verblasste mein Lächeln. Ich wollte meine beste Freundin nicht beunruhigen, indem ich ihr von dem zweiten Angriff erzählte, vor allem, wenn sie zu weit weg war, um etwas zu tun. Sie war mir schon einmal zu Hilfe geeilt. Im Moment musste sie sich darauf konzentrieren, wieder gesund zu werden. Doch eine Sache musste ich ihr unbedingt erzählen.

*Ich habe es heute Vormittag geschafft, mich komplett zu verwandeln. Ich bin jetzt eine richtige Drachin!*

*Heilige Scheiße! Das ist unglaublich, Ren. Das musst du mir unbedingt zeigen! Ich kann es kaum erwarten!*

*Sobald ich zurück bin. Es kann allerdings sein, dass wir noch eine Weile unterwegs sein werden. Meine Mom hat mir noch eine Nachricht hinterlassen. Auf einem Stein mit einem Bild drauf, das anscheinend was mit den Drachenwandlerinnen zu tun hat … Wir werden der Spur nachgehen.*

*Irgendein Lebenszeichen von deiner Mutter?*, fragte Kylie.

Ich biss mir auf die Lippe. *Nein. Es sieht nicht gut aus. In der Nachricht, die sie hinterlassen hat … hat es sich so angehört, als ob jemand hinter ihr her wäre. Und als ob sie vorhätte, zu mir zurückzukommen, wenn sie könnte. Und da sie das nicht getan hat …*

*Es tut mir so leid, Ren. Aber vielleicht ist es nicht so schlimm, wie es aussieht.*

Ich würde so gerne glauben, dass Mom eingesperrt wurde oder sich verstecken musste, oder etwas anderes sie daran gehindert hatte, nach New York City zurückzukehren – etwas anderes als ihr Tod. Doch je weiter wir kamen, ohne eine neuere Spur von ihr zu finden, desto schwieriger wurde es.

*Ich werde die Hoffnung nicht aufgeben, bis ich Gewissheit habe,* schrieb ich. *Jedenfalls könnte es sein, dass wir für ein paar Tage nicht erreichbar sind. Mach dir also keine Sorgen, wenn du nichts von mir hörst! Pass einfach weiter auf dich auf.*

*Das mache ich. Pass du auch auf dich auf. Obwohl es schwer ist, sich Sorgen zu machen, wenn ich weiß, dass vier starke Kerle sich darum reißen, dich zu beschützen. Und es mit dir zu treiben. Irgendwelche Fortschritte auf diesem Gebiet?* Teufels-Emoji.

Ich verdrehte die Augen, doch meine Wangen erröten sofort, denn es hatte tatsächlich Fortschritte gegeben. Gestern Abend hatte ich den ersten großen Schritt getan, um mein Schicksal als Anführerin der Gestaltwandler zu erfüllen – ich hatte Aaron offiziell zu meinem Gefährten gemacht.

Mit anderen Worten: Wir hatten Sex. Richtig, richtig guten Sex, und mir wurde immer noch schwindelig, wenn ich daran zurückdachte.

Doch mein erstes Mal per Nachricht zu erzählen, fühlte sich einfach falsch an. Diese Art von Frauengespräch wollte ich persönlich mit meiner besten Freundin führen.

*Das erzähle ich dir, wenn ich zurück bin*, schrieb ich.

*Oh, das ist gemein! Wenn wir uns sehen, will ich alle Details.*

*Versprochen.*

Bis ich Kylie das nächste Mal sah, könnte es noch viel mehr Details geben. Um meine Rolle als Drachenwandlerin voll ausfüllen zu können, musste ich mit allen vier Jungs intim werden. Marco und Nate hatten in dieser Hinsicht zumindest viel Enthusiasmus gezeigt. Doch der Verlust meiner Jungfräulichkeit war ein großer Schritt gewesen. Obwohl ich mich sehr zu allen Jungs hingezogen fühlte – sogar zu West – wollte ich nicht mit allen auf einmal ins Bett hüpfen.

Auch wenn diese Vorstellung plötzlich sehr verlockend war. Mit wie vielen Typen *konnte* man überhaupt gleichzeitig Sex haben?

Die Hitze, die ich empfand, als die anderen drei Alphas mit ihrer Ausbeute zurückkamen, ließ sich nicht ausschließlich auf die Sonne schieben. Sie brachten die Einkaufstüten mit dem Rest der Ausrüstung auf dem Rücksitz unter und stiegen ein. Ich saß auf dem Beifahrersitz, da ich am besten wusste, wohin wir fahren mussten, auch wenn es eher eine vage Vermutung war. Aaron, der sich die Karten genauer angesehen hatte, saß am Steuer.

„Die Straße führt etwa ein Viertel des Weges bergauf, bevor sie um den Berg herum verläuft", sagte er. „Sag mir Bescheid, wenn du unterwegs irgendetwas spürst, was uns einen Anhaltspunkt geben könnte, in welche Richtung wir fahren oder wo wir anhalten sollen."

Ich nickte. Jegliche Gedanken an Schlafzimmeraktivitäten verschwanden in meinem Kopf hinter einer hibbeligen Erwartungshaltung. Ich wusste nicht, was uns in den Bergen erwartete, doch so wie Mom in der Vision, die sie mir hinterlassen hatte, geklungen hatte, war ich überzeugt, dass dies das Ende des Weges war. Schon bald würde ich meine Antworten bekommen.

Aaron lenkte das Auto zum Berg mit den zwei Gipfeln, der genauso aussah wie die Gravur auf dem Obelisken. Auf der Gravur war auch eine Flamme zwischen diesen Gipfeln zu sehen. Ich vermutete, dass die Sonne so aussah, wenn sie aufging und zwischen den

Gipfeln aufflammte. Möglicherweise deutete das Bild auf die Kraft hin, die laut meiner Mutter dort verborgen war.

„Du kennst dich doch mit der Geschichte der Gestaltwandler aus", sagte ich zu Aaron. „Hast du eine Ahnung, welche Art von ‚Macht' meine Mutter gemeint haben könnte?"

Er schüttelte den Kopf. „Die Drachenwandlerinnen haben schon immer einiges für sich behalten. Die Bindung zwischen den Müttern und den Töchtern war über die Jahrhunderte hinweg immer sehr eng. Die gesamte Gestaltwandler-Gattung rankt sich nur um eine Linie. Es ist also nur logisch, dass sie ihre Geheimnisse hüten."

Eine enge Bindung. Mom und ich hatten uns immer nahegestanden, daran bestand kein Zweifel. In den neun Jahren, während der wir zusammen in New York City untergetaucht waren, hatten wir nur einander gehabt.

Allerdings war unsere Beziehung nicht von unserer Drachenwandlerinnen-Natur geprägt. Sie hatte alle meine Erinnerungen an diesen Teil unseres Lebens weggesperrt, ebenso wie meine Kräfte. Sie fingen gerade erst an, wieder durchzusickern. Vermutlich hatte sie mich nur beschützen wollen, doch jetzt, wo ich meine Kräfte brauchte, wünschte ich mir, sie hätte einen anderen Weg gefunden.

Ein unangenehmes Gefühl kroch über meine Haut, als die Straße anstieg und dem Verlauf des Berges folgte. Jetzt war es mehr als nur Erwartung. Ein schwacher Sog zog mich in die Richtung des Hangs und hinauf. Es war, als würde mich jemand rufen, der mich kannte und mich dorthin zurückbringen wollte.

„Drachenwandlerinnen                scheinen                einen ausgezeichneten Geschmack für dramatische Landschaften zu haben", bemerkte Marco hinter mir. Die hohe Bergkette, die Sunridge umgab, breitete sich majestätisch um uns herum aus.

Die Straße schlängelte sich den Berg hinauf, bevor sie eine scharfe Biegung nach links machte. Nur wenige Sekunden später wurde das schwache Ziehen, das ich verspürt hatte, stärker.

„Halt an!", wies ich Aaron an, der mir einen Blick zuwarf und auf die Bremse trat.

„Hast du etwas gesehen?", fragte er.

„Noch nicht, aber da ist was. Ich kann es *fühlen*."

Er fuhr ein kurzes Stück auf dem Seitenstreifen weiter, bis zu einem niedrigen Zaun, der einen Aussichtspunkt umgab. Sobald der Wagen zum Stillstand gekommen war, sprang ich heraus. Meine Turnschuhe schlugen laut auf dem Asphalt auf, als ich über die Straße eilte. Ich folgte der steilen Felswand auf der anderen Seite zurück zu der scharfen Linkskurve, die wir genommen hatten.

Hier. Der Sog zog mich nach oben. Ich hielt mich an der unebenen Oberfläche des Felsens fest und zog mich den steilen Abhang hinauf. Ich hatte zwar noch nicht die volle Kontrolle über meine Verwandlungsfähigkeiten, doch die Kraft und die Geschicklichkeit einer Gestaltwandlerin schlummerten schon mein ganzes Leben lang in mir.

Nachdem ich die Felswand hinaufgeklettert war, flachte der Hang ab. Eine flache Mulde verlief durch den Stein und neigte sich leicht nach oben. Als ich die Vertiefung betrachtete, kroch das unangenehme Gefühl tiefer in meine Lungen.

Das war unser Weg. Plötzlich war ich mir sicher.

Meine Alphas hatten sich am Rand der Straße unter mir versammelt. Ich sprang wieder hinunter. Nachdem ich erlebt hatte, wie es war, zu Fliegen, war das Hochgefühl des Sprungs nicht mehr ganz so aufregend. Verdammt, ich konnte es kaum erwarten, wieder meine Drachengestalt anzunehmen. Schade, dass ich sie beim ersten Mal nur ein paar Minuten hatte halten können. Ich musste an meiner Ausdauer arbeiten.

„Wir müssen da lang", sagte ich und zeigte auf den Weg. „Weiter den Berg hinauf."

West betrachtete den Abhang und schnitt eine Grimasse. „Gut, dass wir nur ein Zelt dabeihaben."

Marco boxte ihm leicht gegen die Schulter. „Hör auf zu meckern und hilf mir beim Packen, Wolfsjunge."

Mir wurde ein wenig mulmig, als sie sich auf den Weg zurück zum SUV machten. Alle vier waren wegen mir hierhergefahren, weil ich gesagt hatte, es sei wichtig. Dabei hatte ich keine Ahnung, was uns da oben erwartete.

„Ich weiß nicht, wie weit wir gehen müssen", sagte ich. „Es könnte eine lange Wanderung werden."

„Darauf sind wir vorbereitet", erklärte Aaron mit einem beruhigenden Lächeln. „Deine Mutter hat uns nicht ohne Grund hierhergeführt."

Nate drückte meine Schulter. „Wir glauben an dich, Ren. Sogar West, auch wenn er deswegen noch miesepetrig ist. Dein Instinkt wird uns nicht in die Irre führen."

Ich wandte mich zu dem größten meiner Alphas um, angezogen von der intensiven Wärme, die von seinem Körper ausging. Nate schien genau zu wissen, was ich brauchte. Er schlang seine kräftigen Arme um mich und legte seinen Kopf an meinen.

Als seine Wange meine Schläfe berührte, flammte ein ganz anderes Bedürfnis in mir auf. Ich wich weit genug zurück, um meinen Kopf zu heben und meine Lippen auf seine zu pressen.

Nate erwiderte den Kuss fest und zugleich zärtlich. Seine Hitze durchströmte meinen ganzen Körper. Oh ja, ein sehr großer Teil von mir freute sich darauf, alle meine Jungs *richtig* kennenzulernen.

Doch jetzt war offensichtlich nicht der richtige Zeitpunkt dafür. Ich küsste ihn noch einmal, so fest, dass ein lüsternes Brummen aus seiner Brust drang, bevor ich mich widerwillig von ihm löste. Meine Wangen waren gerötet, aber ich fühlte mich plötzlich entschlossener.

„Lasst uns die Sachen holen und aufbrechen.“

# 2

Nachdem wir dem Weg einige Stunden gefolgt waren, begann ich mich zu fragen, ob wir das ganze Zeug, das wir mit uns herumschleppten, wirklich brauchten. Ich könnte doch bestimmt ohne Schlafsack überleben, oder? Wer brauchte schon Kleidung zum Wechseln? Wozu war Essen gut? Ich *wusste*, dass die Jungs mir den leichtesten Rucksack gegeben hatten, und trotzdem fühlte es sich an, als hätte ich eine Tonne Ziegelsteine auf meinen Schultern.

Offensichtlich musste ich nicht nur hinsichtlich meiner Drachengestalt an meiner Ausdauer arbeiten. In New York hatte ich nicht wirklich die Gelegenheit zum Bergwandern gehabt.

Ich wollte nicht als Weichei dastehen, während meine Alphas weiterliefen, als würde sie der Aufstieg kein bisschen anstrengen, also biss ich die Zähne zusammen und ging weiter. Doch ich war alles andere als verärgert, als Aaron innehielt und eine der Felswände berührte, die sich allmählich links und rechts von uns erhoben. Sie ragten über den Pfad, nicht hoch genug, um die untergehende Sonne zu verdecken, aber so hoch, dass es keine Möglichkeit gab, eine Abkürzung zu nehmen.

„Hier oben waren Feenwesen", verkündete Aaron.

„Was?" West drängte sich an Nate vorbei. Aaron zeigte auf eine Markierung in dem glatten Felsen – zwei sich kreuzende Linien, die so schwach leuchteten, dass ich sie nicht bemerkt hätte, wenn er uns nicht darauf aufmerksam gemacht hätte. Wests Schultern spannten sich an. Der Rest von uns trat näher heran.

„Die Markierung sieht alt aus", sagte Marco. „Sie wurde in letzter Zeit nicht aufgeladen."

„Aufgeladen?", wiederholte ich.

„Mit Magie." Er winkte mit der Hand in Richtung der Linien. „Feen bringen gerne Dinge zum Leuchten."

„Mit Feen meint ihr …?" Obwohl, wenn Gestaltwandler und Vampire real waren, gab es eigentlich keinen Grund, warum Tinkerbell es nicht auch sein sollte.

West sah mich an. „Genauso wie wir so gut wie nichts mit Werwölfen gemein haben, sind die Feen nicht mit den Fabelwesen aus euren Märchen vergleichbar. Mit ihnen sollte man sich auf keinen Fall anlegen."

„Seit die Menschen so viel von ihrem Territorium eingenommen haben, sind sie wütend", erklärte Marco. „Ihnen liegt ihre Privatsphäre am Herzen."

„Berge sind allerdings nicht ihr natürlicher Lebensraum. Sie bevorzugen normalerweise Orte, an denen etwas *wächst*." Nachdenklich betrachtete Aaron den Weg, der vor ihnen lag.

Nate legte seine Hände auf meine Schultern. „Wir müssen so oder so weitergehen. Je eher wir finden, was wir suchen, desto eher können wir wieder aufbrechen und müssen uns keine Gedanken mehr um die Feen machen."

Dagegen war nichts einzuwenden. Als wir uns wieder auf den Weg machten, musterten wir die Steinmauern genauer. Der Weg war vielleicht drei Meter breit, nicht gerade viel Spielraum, falls es zu einem Kampf kommen sollte. Was zumindest West für möglich zu halten schien. Doch Marco hatte gesagt, dass die Feen ein Problem mit den Menschen hätten.

„Was halten die Feen von Gestaltwandlern?", fragte ich.

West gab einen Laut, der etwas zwischen einem Grunzen und einem wortlosen Gemurmel glich, von sich, als würde er die Frage für lächerlich halten. Aaron ignorierte ihn. „Wir hatten früher gute Beziehungen zu ihnen", sagte er. „Unsere Interessen und Bedürfnisse sind ziemlich unterschiedlich, aber wir teilen die Vorliebe für wilde, offene Gebiete und die Abgeschiedenheit von Menschen. Leider sind wir in den letzten Jahrzehnten ein paar Mal … aneinandergeraten."

„Da die Menschen ihre Städte und Dörfer vergrößert haben, müssen auch wir weiterziehen", fügte Nate hinzu. „Und die Feen verteidigen zunehmend ihr Revier. Ich habe gehört, dass sie früher damit einverstanden waren, ihr Territorium mit uns zu teilen, wenn wir uns verwandeln und Dampf ablassen mussten."

„Und jetzt versuchen sie des Öfteren, uns zu grillen", sagte Marco. „Vielleicht werden die Spannungen besser, wenn du dich in deiner Rolle etabliert hast, Prinzessin. Es ist schwieriger, gute Beziehungen aufrechtzuerhalten, wenn wir selbst untereinander zerrissen sind."

Hatte Mom jemals darüber gesprochen, als ich noch klein gewesen war? Ich kramte in meinen bruchstückhaften Erinnerungen, die sie nach unserer Flucht mithilfe ihrer Magie verschüttet hatte. Es war nicht leicht gewesen, sie wiederzuerlangen, und noch immer fiel es mir schwer, Zusammenhänge herzustellen. Gleichzeitig ließ ich meine Hand in meine Tasche gleiten und umfasste den Anhänger, den sie mir gegeben hatte, bevor sie mich verlassen hatte. Das Medaillon hatte meine Alphas zu mir geführt. Mittlerweile trug ich es nicht mehr um den Hals, aus Angst, dass die Kette während einer unerwarteten Verwandlung reißen könnte.

Ich spürte einen Hauch der Magie in dem warmen Metall. Sie half mir, meine Gedanken auf die fernen Erinnerungen zu konzentrieren.

In meinem Kopf tauchte ein Bild auf: Mom stand am Waldrand und sprach mit einem großen, schlanken Mann, dessen Haut so blass war, dass sie fast blau aussah. Außerdem leuchtete er dort, wo die Sonnenstrahlen auf seinen Körper fielen. Ich hockte im Gras und schaute zu, mein Herz hämmerte. Ich war nervös und gespannt zugleich.

„Wer *war* das?", hatte ich Mom später gefragt.

„Eines der Feenwesen", hatte sie gesagt. „Ich muss von Zeit zu Zeit mit ihnen verhandeln, im Namen unserer Gemeinschaft. Du wirst sie nicht oft zu Gesicht bekommen." Sie hielt inne und blickte in die Ferne. „Ich finde es ein bisschen traurig, dass wir so wenig miteinander zu tun haben und wie formell wir miteinander umgehen. Meine Großmutter hat mir erzählt, dass die Feenwesen und die Drachenwandlerinnen vor langer Zeit eine besondere Verbindung hatten. Doch jetzt ist sie verblasst."

Dann hatte sie mich auf die Stirn geküsst und mich zum Abendessen ins Esszimmer gebracht.

Ein Kloß bildete sich in meinem Hals. Ich hatte sie in den letzten sechzehn Jahren nicht richtig kennengelernt, weil sie es nicht zugelassen hatte. Und jetzt, da ich wusste, wer wir waren, würde ich sie vielleicht nie wieder sehen, außer in einer Erinnerung oder einer Vision.

Eine Wärme strich über meine Haut und ich spürte ihre Anwesenheit, wie früher, als wir Schulter an Schulter auf unserer Couch gesessen hatten. Zuerst dachte ich, es läge nur an meinen Erinnerungen. Dann fiel mein Blick auf eine kleine Spur von parallelen Kratzern an der Felswand vor mir.

Mein Herz setzte einen Schlag aus. Ich blieb vor der Wand stehen und fuhr mit den Fingern über die schmalen Rillen. Das Gefühl der Gegenwart meiner Mutter wurde stärker. Beinahe konnte ich ihren Duft nach Lilien und Honig riechen.

„Meine Mutter war definitiv hier", sagte ich, als ich wieder sprechen konnte. „Sie muss sich verwandelt haben. Sie hat diese Spuren hinterlassen. Das kann ich spüren."

„Ziemlich fein für Drachenklauen", bemerkte Marco.

„Wahrscheinlich wollte sie, dass du sie siehst", sagte Nate. „Damit du weißt, dass sie auf eine gewisse Weise hier bei dir ist."

Das könnte sein. Und es bestand die Chance, dass das, was vor mir lag, mich zu ihr führen würde. Ich straffte meine Schultern unter den Riemen meines Rucksacks und ging weiter.

Aaron gab ein Brummen von sich. „Das sieht nicht gut aus."

Ruckartig hob ich den Kopf. „Was?"

Die Frage hatte meine Lippen kaum verlassen, als ich sah, was er meinte. Weiter vorne schien es einen Felsrutsch gegeben zu haben, sodass nun ein Haufen Felsbrocken die Lücke zwischen den Mauern füllte. Genau das hatte uns noch gefehlt – noch mehr Klettern.

Doch als wir näherkamen, wurde mir klar, dass unsere Situation sogar noch komplizierter war. Die obersten Felsbrocken waren schräg heruntergefallen und ragten über die niedrigeren hinaus. Es war unmöglich, diesen Haufen zu erklimmen, es sei denn, wir könnten die Schwerkraft ausschalten. Doch soweit ich wusste, verfügte keiner der Gestaltwandler über diese Fähigkeit.

Wir blieben am Rande des Erdrutsches stehen und blickten daran hoch. Aaron rieb sich sein kantiges Kinn. Marco pirschte sich raubkatzenartig von einer Seite des Weges zur anderen. Nate testete unterdessen einen Felsbrocken in seiner Nähe, als ob er glaubte, er könnte sich hindurchgraben, und West gab einen warnenden Laut von sich.

„Bring diesen verdammten Haufen ja nicht zum Einsturz, sonst fällt uns alles auf den Kopf."

„Wir müssen irgendwie daran vorbeikommen", sagte Nate.

„Ich kann fliegen", meinte Aaron. „Aber mehr als meinen Rucksack kann ich in meiner Adlergestalt nicht tragen."

Er war nicht der Einzige, der fliegen konnte. „Ich könnte mehr tragen", warf ich ein. „Verdammt, in meiner Drachengestalt könnte ich den Haufen wegpusten, damit wir uns auf dem Rückweg nicht damit herumschlagen müssen." Die Sonne ging unter, und seit wir die Straße verlassen hatten, waren wir keiner Menschenseele begegnet, deswegen glaubte ich nicht, dass es jemand bemerken würde, wenn ich mich hier verwandeln würde.

Nate runzelte die Stirn. „Du hast dich heute Morgen zum ersten Mal verwandelt. Möglicherweise bist du noch nicht wieder stark genug."

Ich legte meinen Rucksack ab und griff nach dem Saum meines Hemdes. Verwandlung und Kleidung vertrugen sich nicht so gut, besonders wenn man sich in ein so großes Wesen verwandelte wie ich. „Einen Versuch ist es wert, oder?"

Marco lehnte sich mit einem amüsierten Lächeln gegen die Felswand. „Ich für meinen Teil sehe mir das nur allzu gerne an."

„Hier", sagte Aaron. Er brachte mir die gepolsterte Jacke, die ich gekauft hatte, während ich mein Oberteil und meinen BH auszog. „Wenn du frierst, kannst du dich nicht auf die Verwandlung konzentrieren. Leg sie dir einfach über die Schultern, damit sie bei der Verwandlung runterfällt."

„Danke." Ich legte die Jacke wie einen Umhang über meine Schultern und war sowohl für die Wärme als auch für die Tatsache, dass ich wenigstens nicht splitternackt vor ihnen stehen musste, dankbar. Diese Jungs zogen sich schon ihr ganzes Leben lang aus, wenn sie sich verwandeln mussten, egal, wer dabei war. Es würde eine Weile dauern, bis ich mich an die Nacktheit gewöhnte, die mit dem Dasein als Gestaltwandlerin einherging.

Ich zog meine Hose und Unterhose aus und kniete mich hin, sodass die Jacke den größten Teil meines Körpers umhüllte. Auf unserer Wanderung hatte ich die kühle Bergluft kaum bemerkt. Es war warm gewesen, als wir losgegangen waren, und dann war mir vom Wandern warm geworden. Jetzt kroch die kühle Luft über meine nackte Haut.

Es würde mich nicht so sehr stören, wenn ich Schuppen hätte. Wie konnte ich sie hervorbringen? Ich hatte mich schon einmal in der Hitze des Gefechts verwandelt, um meine Alphas zu beschützen, als sie bei dem Versuch, mich zu verteidigen, fast gestorben wären. Im Moment gab es keine derartig unmittelbare Bedrohung. Wie sehr konnte ich diese Kraft überhaupt kontrollieren?

Die Zweifel schwirrten durch meinen Kopf. Ich schloss die Augen, atmete tief ein und versuchte, sie zu vertreiben. Ich kannte jetzt die Drachin in mir. Ich wusste, wie es sich anfühlte, in diesen Körper hineinzuwachsen, die Flügel auszubreiten. Alles, was ich tun musste, war, es noch einmal zu tun.

Ich erinnerte mich an das Gefühl, wie sich meine Muskeln angespannt und die Schuppen meine weiche Haut bedeckt hatten. Doch die Erinnerung kam nicht allein. Auch die Schüsse hallten in meinem Kopf wider. Schmerzensschreie. All die schrecklichen Geräusche des Hinterhalts der Abtrünnigen. Mein Rücken versteifte sich.

Nein, das war nicht gut. Ich musste das loslassen. Ich *war* eine Drachin. Ich *musste* einfach eine sein.

„Wenn du es nicht schaffst, finden wir einen anderen Weg", sagte Nate. „Überanstreng dich nicht."

Ein Funke der Verärgerung flammte in meiner Brust auf. Warum sollte ich mich nicht anstrengen? Hatten sich die Jungs nicht die ganze Zeit für mich angestrengt? Ich war kein Schwächling, der verhätschelt werden musste. Ich war eine verdammte *Drachin*.

Entschlossenheit schoss durch meinen Körper. Ja, genau das brauchte ich. Ich hielt mich daran fest und stürzte mich kopfüber in das brennende Gefühl, das über meine Haut raste. Hinein und hindurch und hinaus und nach oben, meine Glieder dehnten sich aus, mein Hals wurde länger, jeder Teil von mir streckte sich. Mein Kopf verlängerte sich zu einem Kiefer mit scharfen Zähnen, ein rauchiger Geschmack kitzelte meine Zunge. Feuer tanzte in meiner Lunge.

Ausgelassen hob ich vom Boden ab. Nach der Verwandlung zwickten meine Gelenke, doch diese kleine Unannehmlichkeit machte mir nichts aus. Ich hatte es geschafft. Endlich war ich wieder ganz ich selbst.

Der Wind schlug mir ins Gesicht, als ich einen Bogen flog. Einen Moment lang genoss ich die Freude am Fliegen, dann ließ ich mich wieder ein Stück nach unten gleiten. Ich wusste nicht, wie lange ich diese Form beibehalten konnte. Ich durfte auf keinen Fall vergessen, warum ich sie angenommen hatte.

Für mein Drachinnen-Ich sah der Steinhaufen aus wie ein paar Kieselsteine. Ich näherte mich dem obersten, griff mit meinen hinteren Klauen danach und hob ihn hoch. Mit ein paar Flügelschlägen setzte ich ihn abseits des Weges am Berghang ab.

Einer weg, blieben noch etwa ein Dutzend.

Ich warf einen weiteren Felsbrocken zur Seite, und dann noch einen, und noch einen. Das Zwicken, das ich vorhin gespürt hatte, begann sich in meinen Flügeln und meiner Brust bemerkbar zu machen. Ich hatte meine Drachengestalt schon länger beibehalten als beim letzten Mal. Mein Körper war langsam erschöpft. Verdammt noch mal, ich war noch nicht fertig.

Aber das Gröbste hatte ich aus dem Weg geräumt. Ich betrachtete den verbleibenden Haufen, der nur noch halb so hoch war wie zu Beginn. Meine Alphas hatten sich zurückgezogen, um mir Platz zu machen. Wenn ich Anlauf nehmen würde …

Ich flog den Weg zurück, den wir gekommen waren. Als ich mich umdrehte, bemerkte ich eine flüchtige Bewegung. Ich zögerte und schaute nach unten, konnte jedoch nichts außer Schatten auf dem Weg unter mir sehen. Wahrscheinlich war es nur die Bewegung meines eigenen Schattens gewesen.

Ich sammelte meine Kräfte und raste auf den Haufen zu, so schnell ich mit den Flügeln schlagen konnte. Die Luft pfiff an mir vorbei. Mein Drachenherz pochte vor Freude. Meine Lippen verzogen sich zu einem wohl drachenhaften Grinsen.

In letzter Sekunde holte ich mit meinen Hinterbeinen aus und prallte mit den Füßen voran gegen den Haufen. Mein ganzer Körper vibrierte, doch ich sprang auf, bevor ich auf den Rücken fallen konnte. Die restlichen Felsbrocken fielen donnernd auseinander und gaben den Weg frei.

Keine Sekunde zu früh. Die bleierne Erschöpfung

überrollte mich erneut. Ich ließ mich auf den Boden sinken, krümmte meinen Rücken und schrumpfte wieder zu meiner menschlichen Gestalt zusammen. Die Schuppen zogen sich in meine Haut zurück. Im nächsten Moment war alles, was von meiner Drachengestalt übriggeblieben war, der rauchige Geschmack in meinem Mund.

Auch mein menschlicher Körper war erschöpft, was mein Gefühl des Triumphs jedoch nicht minderte. „Ich habe es geschafft!", rief ich und sprang auf. „Der Weg ist frei, Drachenwandlerin zu euren Diensten." Ich machte eine kleine Verbeugung.

„Gut gemacht", sagte Aaron kichernd. Marco grinste und klatschte in die Hände. Nate lächelte stolz. Und West–.

Wests Blick haftete auf meinem Körper, der, wie ich in meiner Begeisterung ganz vergessen hatte, jetzt völlig entblößt war. Als er meinen Blick bemerkte, huschten seine Augen schnell zu meinem Gesicht. Als sich unsere Blicke getroffen hatten, hatte er den Hunger in seinen Augen nicht sofort kontrollieren können. Trotz der kühlen Luft überkam mich eine Welle der Hitze.

Dann drehte er sich abrupt um und nahm diese Hitze mit sich.

# 3

*Aaron*

Als ich ins Zelt kroch, saß Serenity im Schneidersitz auf ihrem Schlafsack in der Mitte und starrte grimmig auf ihr Handy.

Ich ließ mich rechts neben ihr auf meinen Schlafsack sinken. „Stimmt etwas nicht?"

„Ich wusste, dass wir hier oben wahrscheinlich keinen Empfang haben würden, aber ich hatte gehofft, Kylie wenigstens noch einmal auf den neuesten Stand bringen zu können." Sie seufzte und verstaute das Handy in der Außentasche ihres Rucksacks. „Aber wahrscheinlich habe ich sowieso bald keinen Akku mehr. Schließlich gibt es hier oben keine Steckdosen!"

„Wir sind gut vorangekommen", meinte ich, als ich die Verzweiflung hinter ihrem Scherz spürte. Ich hatte sie oft genug mit ihrer Freundin gesehen, um zu wissen, wie nahe sie einander stehen. Serenity konnte sich jetzt auf uns vier, ihre Alphas, verlassen, doch natürlich würde es eine

Weile dauern, bis sie sich daran gewöhnt hatte. Sie hatte gerade erst genug Vertrauen gefasst, um mich voll und ganz als ihren Gefährten zu akzeptieren.

Dieser Gedanke bewog mich dazu, näher an sie heranzurücken. Ich beugte mich vor, und in ihren bernsteinfarbenen Augen flackerte ebenfalls ein Funke der Anziehung auf. Sie hob ihren Kopf, um meinen Kuss begierig zu erwidern.

Als ich unserer Drachenwandlerin das erste Mal begegnet war, hatte ich mich gefragt, ob die unerschütterliche Anziehungskraft, die ich zu ihr verspürte – in ihrer Nähe zu sein, sie zu berühren, ihr Lust zu bereiten – nachlassen würde, sobald unsere Bindung vollzogen war. Offenbar lautete die Antwort nein. Seit gestern Abend hatte mein Verlangen nach ihr kein bisschen nachgelassen. Siebenundzwanzig Jahre lang hatte ich es geschafft, meinen niederen Trieben zu widerstehen, und jetzt war die Vorstellung, auch nur eine Nacht zu verbringen, ohne sie unter mir stöhnen zu hören, die reinste Qual.

Sie gab einen Laut von sich, der beinahe einem Stöhnen glich, als ich meine Zunge in ihren Mund gleiten ließ. Ihre Finger wanderten meinen Hals hinauf und fuhren durch mein Haar. Sie zog mich enger an sich. Funken der Lust rasten über meine Kopfhaut und ich umfasste ihren Kiefer und küsste sie fester. Dann ließ ich meine Hand über ihr Shirt gleiten und streichelte ihre Brust. Die Brustwarze wurde unter meiner Handfläche hart.

Ein Wimmern entwich ihrer Kehle. Ermutigend wölbte sie sich meiner Berührung entgegen. Ihre Kurven waren weich unter meinen Fingern, dennoch konnte ich die Kraft in ihrem ganzen Körper spüren. Die Kombination erregte mich. Was für eine unglaubliche Frau meine Gefährtin doch war.

Ich schob den Saum ihres Oberteils hoch, um ihre Haut zu berühren. Serenity keuchte an meinem Mund, als meine Fingerspitzen ihre Brustwarze durch ihren BH streiften. Ihre Finger gruben sich in meine Schultern. Dann verkrampfte sie sich.

Ich wich zurück, um ihr Gesicht zu sehen. „Alles in Ordnung?"

Ihr Mund verzog sich. Das Verlangen brannte noch immer in ihren Augen. „Ich will weitermachen. Aber … West soll doch auch die erste Hälfte der Nacht im Zelt schlafen, oder? Er könnte reinkommen, während wir …" Mit einem verschmitzten Lächeln deutete sie zwischen uns hin und her.

Es würde eine Weile dauern, bis sie sich auch an diesen Aspekt unserer Beziehung gewöhnen würde. Ich strich über ihre Wange und ihren Hals.

„Weißt du, wenn alles gut läuft, wird es in der Zukunft Momente geben, in denen die anderen Alphas dich nicht nur mit mir sehen, sondern sogar dabei sein werden."

Sie zog ihre Beine zur Brust. „Ich weiß. Es fällt mir immer noch schwer, das zu begreifen. Ich habe noch nicht einmal einen *Dreier* ausprobiert, geschweige denn einen … Fünfer?"

Wenn Serenity unter Gestaltwandlern aufgewachsen wäre, hätte sie ihre Mutter mit ihren vier Vätern gesehen und wäre nicht so zögerlich. Und das war die Schuld der

Abtrünnigen, die ihre Familie gewaltsam auseinandergerissen hatten.

Mein Kiefer verkrampfte sich kurz, bevor ich mich zwang, ihn zu entspannen. Die Vergangenheit war vorbei, so schrecklich sie auch gewesen sein mochte. Alles, was wir tun konnten, war, weiterzumachen. Und sicherzustellen, dass keiner der verbliebenen Abtrünnigen jemals wieder eine Chance bekam, der Drachenwandlerin, die wir noch hatten, etwas anzutun.

Serenity hatte es nicht verdient, gedrängt zu werden, doch es wäre auch nicht richtig von mir, sie zu ermutigen, mich als ihren einzigen Partner zu sehen. Ich drückte ihr einen sanften Kuss auf die Lippen. „Lass dir Zeit. Denk nicht, dass du die Dinge überstürzen musst. Ich bin für dich da, egal wie du mich brauchst. Aber ich glaube, es wäre gut, wenn du versuchen würdest, offen zu bleiben. Drachenwandlerinnen sind nicht dazu bestimmt, nur einen Gefährten zu haben. Ich allein werde nicht ausreichen, um dich zu befriedigen.“

Das Funkeln in ihren Augen wurde schelmisch. „Bis jetzt machst du es sehr gut.“ Sie küsste mich erneut, lang und langsam. Dann schob sie ihren Schlafsack so nah wie möglich an meinen heran. „Kannst du mich festhalten, bis ich eingeschlafen bin?“

Ich legte mich neben sie, schlang meinen Arm um ihre Taille und wandte mein Gesicht dem ihren zu. „Bis du eingeschlafen bist und danach, Serenity.“

∼

*Ren*

. . .

Mein Zeh blieb an einer Erhebung auf dem Weg hängen, und ich stolperte nach vorne. Ein Fluch entwich meinen Lippen, doch ich schaffte es, mein Gleichgewicht wiederzuerlangen, bevor Nates helfende Hand mich erreichte. „Mir geht's gut, nichts passiert."

„Wer auch immer diese Route gewählt hat, hat sich offensichtlich keine Gedanken über die Zugänglichkeit des Weges gemacht", sagte Marco und hob die Augenbrauen, als er unsere Umgebung in Augenschein nahm. „Ein paar Ausbauarbeiten wären durchaus angebracht."

Dem konnte ich nichts entgegensetzen. Wenn ich die gestrige Wanderung für beschwerlich gehalten hatte, war die heutige geradezu brutal. Der Weg hatte sich im Laufe des Vormittags steil nach oben gewunden, und nach unserer kurzen Mittagspause hatten die Wände begonnen, über uns schräg zu einer Decke zusammenzulaufen. Jetzt liefen wir durch eine Höhle. Eine Höhle mit einem sehr unebenen Boden und nur wenig Licht, das durch Löcher in der Decke drang. Unsere Schritte hallten in dem höhlenartigen Gang leise wider.

Gleichzeitig war auch die Temperatur gesunken. Die Luft war feucht und kühl, und ich fröstelte, als ich weiterstapfte. Mittlerweile war ich sehr froh über meine Daunenjacke. Doch der Sog in mir drängte mich weiter, jetzt noch stärker als zuvor. Wir kamen unserem Ziel definitiv näher.

„Hast du inzwischen eine genauere Vorstellung davon, wonach wir suchen oder wie weit es noch sein könnte?", fragte Aaron.

Ich schüttelte den Kopf. „Das Ziehen ist immer noch schwach. Aber ich weiß, dass wir auf dem richtigen Weg sind." Als wäre dieses Gefühl nicht schon Bestätigung genug gewesen, hatte ich erst vor einer Stunde eine weitere Markierung entdeckt, in der ich Moms Energie gespürt hatte. Sie hatte diese Höhle auch betreten, vor etwa sieben Jahren. Und sie hatte mir Zeichen hinterlassen.

Außerdem waren wir immer wieder auf Spuren von Feenmagie an den Wänden gestoßen, die laut den Jungs allerdings nicht frisch zu sein schienen.

Etwas spaltete den grauen, dunstigen Tunnel vor uns. Ich blinzelte. Nach einigen weiteren Schritten konnte ich erkennen, was es war – ein Felsvorsprung. Die Höhle teilte sich in zwei Gänge.

„Ich bin kein großer Fan von Labyrinthen", murmelte West.

Ich genauso wenig, doch als wir an der Gabelung angelangten, zog es mich eindeutig nach links. „Wir gehen da lang", sagte ich und zeigte auf den Weg. „Kein Problem."

„Ich vertraue deinem Instinkt", sagte Aaron. „Die Tatsache, dass es mehrere Gänge gibt, birgt jedoch die Möglichkeit eines Hinterhalts. Ich denke, wir sollten schnell beide Seiten auskundschaften – nach Anzeichen für mögliche Feinde suchen."

„Gut", sagte West und schritt auf den rechten Gang zu. „Dann mal los."

„Fünfzehn Minuten. Wenn du bis dahin keinen Grund zur Sorge gesehen hast, treffen wir uns wieder hier", rief Aaron ihm nach. Er ging in den linken Gang und ließ mich mit Marco und Nate zurück.

Der große Bärenwandler verschränkte die Arme vor der Brust und musterte mich, als müsste ich vor einer unmittelbaren Bedrohung beschützt werden. Ich war ihm dankbar dafür, dass er mich beschützen wollte, auch wenn sein Beschützerinstinkt manchmal ein wenig erdrückend war.

„Ich bin mir ziemlich sicher, dass es hier nichts außer Felsen gibt", sagte ich. „Wenn es keine Felsendämonen oder irgendwelche anderen Wesen, von denen ihr mir noch nichts erzählt habt, gibt, sollte alles gut gehen."

„Es gibt keine Felsendämonen", erwiderte Marco grinsend. „Obwohl eine kleine Pause ganz angenehm wäre. Wandern kann wirklich eintönig werden."

„Wir haben Feenspuren gesehen", gab Nate zu bedenken. „Wir sollten vorsichtig sein."

Ich konnte nicht behaupten, dass ich etwas gegen eine Pause einzuwenden hatte. Also legte ich meinen Rucksack ab und ließ meine Schultern kreisen. Sie pochten bei der Bewegung.

„Brauchst du Hilfe dabei?", fragte Marco in einem anzüglichen Ton.

Ich verdrehte die Augen, woraufhin sein Grinsen noch breiter wurde. Doch eigentlich hätte ich nichts dagegen, wenn er mir helfen würde, die Verspannung in meinen Muskeln zu lösen. „Nur zu", antwortete ich und zog meine Jacke aus.

Marco legte seine schlanken Hände auf meine Schultern. Er grub seine Daumen mit dem perfekten Druck in meine Muskeln. Ich stöhnte, als sich das Brennen in meinen Schultern ausbreitete, und er gluckste.

Plötzlich fühlte sich die Luft in der Höhle deutlich wärmer an.

Vom anderen Ende der Höhle, aus der Richtung, aus der wir gekommen waren, ertönte ein prasselndes Geräusch. Nates Rücken versteifte sich. Er wandte sich zu dem Geräusch um, seine kräftigen Arme spannten sich an. Obwohl keine weiteren Geräusche zu hören waren, entspannte er sich nicht.

„Wahrscheinlich ist es nichts", sagte ich. „Nur ein Kieselstein, der von der Decke gefallen ist."

„Ich sollte nachsehen, um sicherzugehen", sagte Nate. Dann zögerte er und sein Blick wanderte zu Marco. „Passt du auf Ren auf?"

„Natürlich", erwiderte Marco und klang amüsiert. „Es ist sowieso einer von euch in jeder Richtung, aus der sich ein Feind nähern könnte. Wenn du anfängst zu schreien, sind wir gewarnt."

Nate warf dem Jaguarwandler einen bösen Blick zu, bevor er sich auf den Weg in die Höhle machte. Marco nahm meine Schultermassage wieder auf. Es dauerte nicht lange, bis die bullige Gestalt des Bärenwandlers in der Dunkelheit verschwand. Marco rückte näher an mich heran und ließ seine Finger bis zu meinem Schlüsselbein hinuntergleiten.

„Endlich sind wir allein", flüsterte er mir ins Ohr.

Ein erwartungsvoller Schauer durchzuckte mich und ich lächelte. „Und was genau denkst du, passiert jetzt, wo wir allein sind?"

„Ich stelle keine Vermutungen an. Ich mache nur Angebote. Wie würde es dir gefallen, den Rest unserer Wartezeit auf eine Weise zu verbringen, die wir beide sehr genießen werden?“

„Du scheinst ja sehr von deinen Fähigkeiten überzeugt zu sein“, neckte ich ihn. Dann tauchten seine Hände unter meinen BH und streichelten die empfindliche Haut über meinen Brustwarzen. Mir stockte der Atem. Mein Körper bewegte sich wie von selbst. Ich lehnte mich gegen ihn und neigte den Kopf zu Seite, als er seinen Mund an meinen Hals presste.

„Aus gutem Grund“, sagte Marco, sein Atem war heiß auf meiner Haut. Es war schwer, dem leidenschaftlichen Verlangen zu widerstehen, das in meinem Inneren aufflammte. Und warum sollte ich ihm widerstehen? Wie Aaron gestern Abend gesagt hatte, waren alle vier Jungs meine Gefährten. Ich musste sie alle kennenlernen. Ich musste mich für die Erfahrung öffnen.

Ich drehte mich in Marcos Umarmung und zog seinen Mund an meinen. Als er mich küsste, drang ein hungriger Laut aus seiner Brust. Seine Hände glitten über meinen Rücken unter mein Shirt und öffneten geschickt meinen BH. Als sich die Körbchen lockerten, umfasste er meine Brüste und umkreiste meine Brustwarzen mit seinen Daumen, bis ich keuchte.

Meine Hüften wölbten sich ihm entgegen. Er ließ eine Hand sinken, um meine Taille zu umfassen, und drückte mich gegen die Steinmauer. Meine Hüften und Schenkel kribbelten bei seiner Berührung. Ich küsste ihn leidenschaftlich, ohne mich um die raue Oberfläche hinter mir zu kümmern, ich wollte einfach mehr fühlen.

Dann löste Marco seine Lippen von meinem Mund, um an meinen Wangen zu knabbern, die daraufhin ebenfalls zu kribbeln begannen. „Oh, meine

Flammenprinzessin", sagte er dazwischen. „Du bist unglaublich. Es gibt kein anderes Wort dafür. Ich hätte mir keine bessere Gefährtin wünschen können."

Verloren im Dunst der Lust, murmelte ich etwas Unverständliches und Ermutigendes. Meine Augenlider flatterten. Das Licht in der Höhle hinter Marco schien mit ihnen zu flimmern, bis es sich zu einer menschlichen Gestalt verfestigte.

Wir waren nicht mehr allein.

# 4

*Ren*

Ein Schrei entwich meiner Kehle. Ich wich vor Marco und der Gestalt hinter ihm zurück und prallte mit dem Hinterkopf gegen die Höhlenwand. Marco wirbelte herum und sprang zwischen mich und die Gestalt. Er stieß einen instinktiven Warnschrei aus, doch seine Schultern sanken nach unten, als er die fremde Frau erblickte. Er richtete sich auf.

„Ich dachte wirklich, Feen hätten bessere Manieren", sagte er.

Feen. Ja, die Frau, die auf der anderen Seite des Ganges stand, war genauso schlank und blass wie der Mann, mit dem meine Mom in meiner Erinnerung gesprochen hatte. Ihre Haut, ihr Haar und ihr hauchdünnes Kleid hatten denselben bläulichen Schimmer, der hier im Halbdunkel der Höhle ein wenig gedämpft war.

Ich fummelte an meinem BH herum und mein

Gesicht errötete. So hatte ich mir meine erste Begegnung mit der Feen-Gemeinschaft nicht vorgestellt, nicht wenn ich die gesamte Gestaltwandler-Gemeinschaft repräsentieren sollte.

Die Frau schien nicht im Geringsten betroffen oder unangenehm berührt zu sein, weil sie uns beim Knutschen unterbrochen hatte. Ihr Gesicht war völlig ausdruckslos.

„Ich habe euch etwas Wichtiges mitzuteilen", flüsterte sie.

Auf beiden Seiten von uns polterten Schritte über den Steinboden. Nate tauchte zuerst auf, dann Aaron und West. Alle blieben wie angewurzelt stehen, als sie unsere Besucherin sahen. Marco winkte sie alle herbei, doch ich sah, dass sein Kiefer immer noch etwas angespannt war. Obwohl er versuchte, lässig zu wirken, schien ihm unbehaglich zumute zu sein.

Wie war die Feenfrau an all den Alphas vorbeigekommen? Gab es noch einen Gang, den wir übersehen hatten – oder war es eine Art Magie? Es erschien mir nicht klug, die Jungs direkt vor ihr zu fragen. Ich wollte nicht, dass sie erfuhr, wie unwissend ich in Sachen Übernatürliches war.

West hatte seine Zähne zu einem wölfischen Knurren gefletscht, seine Haltung war angespannt. „Was machst du hier?", stieß er hervor.

Nate trat näher heran, bis er neben der zierlichen Frau aufragte. An seiner Haltung konnte ich erkennen, dass er bereit war, sich in seine Bärengestalt zu verwandeln, sobald er es für nötig hielt. Aaron legte ihm eine Hand auf den Arm, doch die Augen des Adlerwandlers blitzten entschlossen. Auch wenn er vielleicht keine überstürzte Konfrontation anzetteln wollte, war er darauf gefasst.

„Anscheinend hat sie uns etwas Wichtiges mitzuteilen", erklärte Marco und nickte der Fee zu. „Schieß los."

Nachdenklich legte sie den Kopf schief und musterte meine Alphas. „Ich bin mit der Absicht gekommen, zu helfen. Es gibt keinen Grund, aggressiv zu sein."

„Das werden wir selbst entscheiden", erwiderte West.

Aaron trat vor und machte eine forsche Bewegung in Richtung des Wolfswandlers, als würde er ihn bitten, sich zurückzuhalten. „Wir sind ganz Ohr", sagte er ruhig, aber nicht sonderlich freundlich. „Was wolltest du uns sagen?"

„Wir haben jemanden euresgleichen entdeckt, der euch in die Höhlen gefolgt ist. Er ist bewaffnet", sagte die Fee. „Er gehört keiner eurer Sippen an. Offensichtlich hatte er böse Absichten."

Ein Abtrünniger. Mein Rücken versteifte sich. „Wo ist er?"

„Ihr müsst euch seinetwegen keine Sorgen mehr machen. Wir haben ihn auf angemessene Weise entsorgt."

Mit einer bogenförmigen Handbewegung in der Luft beschwor sie ein Bild herauf, das wie eine verschwommene Videoaufnahme in der Luft flimmerte. Ein Wiesel huschte an der Höhlenwand entlang. In seinem Maul klemmte ein kleines Messer. Mir lief ein Schauer über den Rücken.

Ich erkannte das Tier. Einer der Abtrünnigen, die uns auf dem Gebirgspass überfallen hatten, hatte sich in ein Wiesel verwandelt, bevor er geflohen war. Ich war mir sicher, dass es sich um dasselbe Tier handelte. Es hatte uns also durch die Höhle verfolgt. Mit einer verbotenen Waffe.

In einem Moment der Unachtsamkeit hätte er zweifellos versucht, das zu Ende zu bringen, was die Abtrünnigen schon einmal versucht hatten.

Mich zu töten.

In dem heraufbeschworenen Bild erschien ein Feenmann vor dem Wiesel. Sein Mund bewegte sich, doch es war kein Ton zu hören. Das Wiesel zuckte zusammen und flüchtete in eine Felsspalte. Der Mann schleuderte einen Blitz aus gleißendem Licht in die Spalte. Der Blitz traf das Wiesel und verschlang es in einer auflodernden Flamme. Als das Licht verblasste, war von unserem Feind nichts mehr übrig.

Auf eine weitere Geste der Fee hin, verschwand das Bild. Sie breitete ihre Arme aus, als wolle sie sagen: *Bitte sehr.*

„Wir hätten ihn lieber lebend gefangen genommen, um ihn zu verhören", meinte Aaron. Er schaffte es, ruhig zu klingen, doch in seiner Stimme schwang Ärger mit. Und das zu Recht. Der Wieselwandler mochte vielleicht unser Feind sein, aber die Feen hatten nicht gewusst, was für Absichten er gehabt hatte. Es wäre unsere Sache gewesen, uns nach unserem Ermessen um ihn zu kümmern. Und sie hatten ihn mit einem einzigen magischen Schlag vernichtet.

Was, wenn sie entschieden, dass wir die gleiche Behandlung verdienten?

„Wie ihr gesehen habt, war er nicht bereit zu kooperieren", sagte die Frau. „Mein Begleiter konnte seine mörderische Absicht spüren. Wir dachten, wir würden euch einen Gefallen tun." Sie hielt inne, und ihre Augen schimmerten auf eine Weise, die mich nervös machte. „Ihr seid doch die Alphas der Gestaltwandler, nicht wahr? Und die lange verschollene Drachenwandlerin."

Die Art, wie ihr Blick auf mir ruhte, gefiel mir noch weniger. Anscheinend ging es den Jungs genauso, denn sie rückten näher an mich heran.

„Das sind wir", sagte Marco. Ich vermutete, dass sie ihren Status spüren konnte, vielleicht aufgrund der Eidesnarben an ihren Händen. „Und soweit wir wissen, hat noch niemand diesen Berg für sich beansprucht. Ich hoffe, wir dringen nicht in das Revier von jemandem ein."

„Ganz und gar nicht", sagte die Feenfrau, doch ich hatte den Eindruck, dass ihr Glanz ein wenig flackerte. „Wir halten uns von Zeit zu Zeit in den Bergen auf, aber wir betrachten sie nicht wirklich als Teil unserer Heimat. Es ist genug Platz für uns alle."

„Die Berge sind also im Grunde eine Art Feriendomizil für euch", sagte Marco. Er zog die Augenbrauen hoch und ließ seinen Blick durch die Höhle schweifen. „Ihr habt einen interessanten Geschmack."

„Die Landschaft hat Qualitäten, die auf ihre eigene Weise anziehend sind. Ich nehme an, ihr habt auf euren Reisen schon weitere Zeichen unserer Anwesenheit bemerkt."

„Wir dachten nicht, dass ihr in letzter Zeit hier gewesen seid", warf Nate ein. „Sonst hätten wir Kontakt zu euch aufgenommen."

„Habt ihr eurem Volk davon berichtet?", fragte die Fee. Sie schenkte uns ein verhaltenes Lächeln. „Ich weiß, dass wir in der Vergangenheit einige Meinungsverschiedenheiten hatten. Wenn noch mehr Gestaltwandler kommen, wäre es besser, wenn wir wüssten, dass sie auf eure Bitte hin hier sind. Um unangenehme Begegnungen zu vermeiden."

Wie zum Beispiel, dass noch ein Gestaltwandler von einem Feenwesen verbrannt wird?

„Wir erwarten niemanden mehr", sagte Aaron. „Falls ihr noch einen Abtrünnigen seht, der sich hier herumtreibt, dann sprecht bitte mit uns, bevor ihr etwas unternehmt."

Die Feenfrau senkte den Kopf auf eine Weise, die meiner Meinung nach nicht sonderlich bedauernd aussah. Meine Haut kribbelte. Auch wenn die Drachenwandlerinnen und die Feen vor langer Zeit zusammengearbeitet haben mochten, traute ich ihnen im Moment nicht über den Weg.

„Gibt es einen bestimmten Grund, warum ihr ausgerechnet *jetzt* hier seid?", fragte West mit fester Stimme. Offensichtlich teilte er meine Empfindungen.

„Wir sind zufällig vorbeigekommen und haben festgestellt, dass ihr auch hier seid." Die Fee legte den Kopf schief. „Alle vier Alphas und ihre lang verschollene Gefährtin hier oben – ihr müsst einen guten Grund für eure Reise haben."

Sie sagte es als Feststellung, doch in ihren Worten schwang unverkennbar eine Frage mit. Ich ballte meine Hände zu Fäusten. Obwohl sie behauptete, uns helfen zu wollen, sagte mir mein Gefühl, dass sie etwas anderes im Sinn hatte. Ich wollte ihr die Geschichte meiner Mutter nicht erzählen.

„Serenity ist noch dabei, sich an ihre neue Rolle zu gewöhnen", erklärte Aaron. Er war der Einzige, der mich bei meinem vollen Namen nannte. Dem Namen, den ich geheim halten sollte, als ich mich mit meiner Mutter versteckt hatte. Das hatte sie mir immer wieder eingebläut und manchmal fühlte es sich immer noch so an, als würde er über eine Fremde sprechen. Jetzt, im Beisein der Fee, schätzte ich diese Förmlichkeit. „Es gibt nicht viele Orte, an denen eine Drachenwandlerin ihre Kräfte ausprobieren kann, ohne sich um Diskretion sorgen zu müssen."

„Ich nehme an, dass euer Volk zumindest weiß, dass ihr hier seid", erwiderte die Fee. „Sie werden schon auf eure Rückkehr warten."

„Wir werden bald wieder zurück sein", antwortete Marco. Ich unterdrückte ein Stirnrunzeln. Worauf wollte sie hinaus?

Vielleicht war es an der Zeit, mehr Fragen zu stellen. Ich wollte ihr nicht viel über Mom erzählen, aber vielleicht wusste sie Dinge, die ich nicht wusste.

„Meine Mutter ist in den letzten Jahren mindestens einmal hier oben gewesen", sagte ich. „Sie war gerne in den Bergen. Seid ihr euch hier vielleicht einmal begegnet?"

Die Feenfrau schürzte die Lippen. „Ich kann mich nicht erinnern, wann ich das letzte Mal einer Drachenwandlerin in diesen Höhen begegnet bin. Ich kann meine Begleiter fragen, ob sie etwas wissen."

Das war eine unglaublich vage Antwort. Und wenn sie die Alphas allein durch ihr Gespür als Alphas erkennen konnte, dann hatte sie sicher auch die Spuren bemerkt, die meine Mutter an den Wänden hinterlassen hatte. Vielleicht ging sie einfach davon aus, dass wir diese schon gesehen hatten?

„Klingt so, als würdest du dich mit diesem Berg besser auskennen als wir", sagte Aaron. „Gibt es irgendetwas, das wir wissen sollten, damit wir von hier an sicher durchkommen?"

Wieder verzog sich der Mund der Fee zu einem Lächeln, das allerdings noch kühler als das letzte wirkte. „Ihr seid die fünf mächtigsten Gestaltwandler der Welt. Ich bin sicher, dass es auf diesem Berg nichts gibt, was euch gefährlich werden könnte. Ich denke, ich sollte euch nicht länger aufhalten. Wir ziehen jetzt weiter, also bezweifle ich, dass sich unsere Wege noch einmal kreuzen werden."

„Vielen Dank, dass ihr den Abtrünnigen beseitigt habt", sagte Marco.

„War uns ein Vergnügen", erwiderte die Fee ohne jeglichen Anflug von Ironie. Sie trat einen Schritt zurück an die Stelle, wo ein dünner Strahl Sonnenlicht durch die Höhlendecke drang. Dann flackerte ihre Gestalt und sie verschwand in einem Lichtschein.

„Sollten wir uns … Sorgen machen?", fragte ich und blickte zu dem einfallenden Tageslicht hinauf. War sie immer noch hier, nur unsichtbar, oder konnten wir davon ausgehen, dass sie wirklich verschwunden war? Ich wollte nicht zu offen reden, falls Ersteres der Fall sein sollte.

„Wir werden einfach abwarten müssen", meinte Aaron ein wenig mürrisch. „Lasst uns weitergehen, solange es noch hell ist."

**5**

Der Mund von jemandem wanderte über meine nackte Haut und brachte sie mit seinem heißen Atem und dem Schaben seiner Zähne zum Glühen. Mein Atem war bereits ein scharfes Keuchen.

Er küsste sich meinen Hals entlang, zwischen meine Brüste und über meinen Bauch. Seine Zunge versengte mich überall, wo sie mich berührte. Seine Finger wanderten an meinen Seiten hinunter, noch heißer als sein Mund. Dann verweilten sie auf meinen Hüften, während sein Gesicht über meinem Geschlecht schwebte.

Ein erwartungsvolles und lustvolles Kribbeln durchfuhr mich. Ich wölbte mich ihm entgegen, und er nahm mich in den Mund.

Seine Zunge glitt über meinen Kitzler, woraufhin in meinem ganzen Körper Funken der Glückseligkeit explodierten. Ich wimmerte, als er fester saugte. Er labte sich an meiner Weiblichkeit, als ob er mich am liebsten ganz verschlingen würde, und ich hatte nichts dagegen. Stöhnend fuhr ich mit meinen Fingern durch sein weiches, glattes Haar. Ein animalisches Bedürfnis schwoll in mir an. Das schmerzende Verlangen, ihn in mir zu spüren. Zu wissen, dass er mir gehörte und ich ihm, jetzt und für immer.

„Bitte", murmelte ich. „Bitte." Ich zog an seinen Haaren, und er hob den Kopf. Wests dunkelgrüne Augen funkelten. Seine Lippen verzogen sich zu einem zufriedenen Lächeln, und …

Mit pochendem Herzen wachte ich auf. Die frische Bergluft kühlte mein gerötetes Gesicht. Das Gewicht des dicken Schlafsacks umhüllte mich. Ich war fest darin eingewickelt und allein. Es war nur ein Traum gewesen.

Aber verdammt, was für ein Traum. Mein Höschen war unter den Leggings klatschnass. In meinem Unterleib spürte ich noch immer den Schmerz der Begierde. Ich verspürte den Drang, mich der Sache selbst anzunehmen, doch *eigentlich* war ich nicht allein im Zelt. Marco lag neben mir und gab beim Atmen Töne von sich, die mich an das leise Miauen schlafender Katzen erinnerten. Und West, der echte West–.

Instinktiv drehte ich den Kopf und sah ihn an, wie um mich zu vergewissern, dass er immer noch der mürrische, unnachgiebige Typ war, den ich neulich sogar dazu überreden musste, mich zu küssen. Immerhin war der Kuss gut gewesen, als er nachgegeben hatte. Ich erspähte seine zur Seite gedrehte Gestalt ein paar Meter von mir entfernt in der Dunkelheit.

Allerdings schlief er nicht. Das Licht des Lagerfeuers, das von draußen durch die Zeltwand drang, war hell genug, dass ich seine Gesichtszüge erkennen konnte. Hell genug, um zu sehen, dass er mich direkt anstarrte.

Mein Herzschlag beschleunigte sich erneut, als sich unsere Blicke trafen. Ich erwartete, dass er seinen Blick abwenden und sich von mir wegdrehen würde. Doch stattdessen blieben seine Augen auf meinen haften. Sie enthielten nicht dieselbe lüsterne Wärme wie in meinem Traum, doch meine Haut begann dennoch zu kribbeln. Trotz seines angespannten Gesichtsausdrucks sah ich denselben Hunger wie damals, als er nach meiner Verwandlung meinen nackten Körper begutachtet hatte. Als wäre er kurz davor, die Hand auszustrecken und mich an sich zu reißen.

Als ob er aus genau demselben Traum aufgewacht wäre wie ich. Plötzlich war ich mir sicher, dass genau das passiert war. Ich konnte seine Erregung in der Luft riechen, ein Hauch von Moschus. Doch er kämpfte dagegen an.

Ich befeuchtete meine Lippen, und sein Blick huschte zu meinem Mund. Bevor ich mich entscheiden konnte, was ich mit diesem seltsamen, aber unglaublich verlockenden Moment anfangen sollte, regte sich Marco auf meiner anderen Seite. Er rückte näher und kraulte mir den Nacken.

„Hat da jemand Lust auf ein bisschen nächtliche Action?", flüsterte er mit seiner sanften Stimme. Vermutlich lag nicht nur Wests Erregung in der Luft. Meine Nerven brummten vor Erwartung. Ich brauchte *etwas*, so viel war klar.

Ich kuschelte mich ermutigend an Marco, und er küsste meine Wange. Geräuschvoll öffnete er den

Reißverschluss meines Schlafsacks, um besser an mich heranzukommen.

Ich neigte meinen Kopf nach hinten, um ihm mehr von meinem Hals zu geben, und Marco widmete sich ihm sofort mit seinem heißen Mund, während er seinen Körper an meinen presste. Seine Hand wanderte unter mein Shirt. Er stöhnte auf, als seine Finger über meine nackten Brüste strichen. Er streichelte sie, wobei er Spuren der Lust hinterließ, und ich wimmerte. Als mein Blick wieder nach unten glitt, begegnete er dem von West.

Er sah immer noch zu. Seine Pupillen hatten sich geweitet, und ich konnte hören, wie sich sein Atem im Takt mit meinem beschleunigte. Das Wissen um seine Lust machte mich noch mehr an. Ich keuchte, als Marco in meine Brustwarze kniff.

„Sag mir, was du willst, Prinzessin", flüsterte er heiser. „Alles, was du willst. Es gehört dir."

Ich glaubte nicht, dass ich mir jemals etwas sehnlicher gewünscht hatte, als dass West sich zu uns gesellte und seinen Mund und seine Hände in das Spiel einbrachte. Allein bei dem Gedanken daran wurde ich sofort noch feuchter zwischen meinen Beinen. In diesem Moment setzten meine Hormone den gesunden Menschenverstand außer Kraft. Ich streckte meinen Arm nach West aus, um ihn zu mir zu locken.

Noch bevor ich die Geste vollständig ausgeführt hatte, zuckte West zusammen. Er wandte seinen Blick ab. „Tu das *nicht*", sagte er, und seine Stimme klang angestrengt. Er schälte sich aus seinem Schlafsack und sprang auf. Dann schlug er die Zeltklappen beiseite und schritt hinaus.

Marco kicherte leise. „Er wird schon noch zur Vernunft kommen, Prinzessin. Vor allem, wenn er sieht, wie gut wir anderen es haben. Aber keine Sorge, ich kann auch allein dafür sorgen, dass du Sterne siehst.“

Er zog mich an sich und presste seinen Mund auf meinen. Die Hitze seines Kusses durchflutete mich. Angesichts dieser geballten Ladung an Männlichkeit vor mir, fiel es mir schwer, an West zu denken.

Ich erwiderte Marcos Kuss und ließ all meine Lust und meine Begierde in die Stellen fließen, an denen sich unsere Körper berührten. Seine Hände wanderten weiter nach unten, streichelten meinen Bauch und fuhren am Bund meiner Leggings entlang. Als meine Küsse fordernder wurden, ließ er seine Hand unter den Stoff gleiten. Er umfasste mein Geschlecht und grinste an meinem Mund, als ich stöhnte.

Dann presste er seine Lippen wieder auf meine und unsere Zungen verschlangen sich miteinander. Seine Finger übten zunehmend Druck auf die empfindlichen Falten zwischen meinen Beinen aus. Zitternd vor Lust klammerte ich mich an ihn und rieb mich an seiner Hand.

„So ist es gut, Prinzessin“, murmelte Marco. „Das ist mein Mädchen.“ Er setzte seine sanften Liebkosungen fort, küsste sich hinunter zu meiner Brust und zerrte mit der anderen Hand mein Oberteil hoch. Sein Atem strömte über meine nackte Haut. Er wirbelte mit seiner Zunge um meine Brust, bevor er die Brustwarze in seinen Mund saugte.

Mir entwich ein leiser lustvoller Schrei. Ich hatte das Gefühl, als würde ich jeden Moment explodieren.

„Du schmeckst so gut. Ich muss dich überall kosten.“

Marco strich noch einmal über meine Brust, bevor er weiter nach unten wanderte. Ich wimmerte überrascht, als seine Hand mein Geschlecht verließ, um meine Leggings nach unten zu ziehen. Eine Sekunde später war sein Gesicht zwischen meinen Beinen.

Wie West in meinem Traum. Fragmente dieser imaginären Intimität schossen mir durch den Kopf, als Marco seine Zunge über meinen Kitzler wirbeln ließ. Ich keuchte, wölbte meinen Rücken, und seine Zunge wanderte immer tiefer, neckte meine Öffnung. Getragen von der aufsteigenden Welle der Glückseligkeit, hatte ich fast das Gefühl, als wären er und West da, als würden mein Traum und die Realität miteinander verschwimmen. Das schmerzhafte Verlangen in meinem Bauch flammte erneut auf, diesmal doppelt so stark. Meine Hüften zuckten, ich wollte mehr. Wollte alles.

Ich griff in Marcos Haar, doch er ließ sich nicht von seinem Angriff auf meine Muschi ablenken. Er liebkoste meinen Kitzler, bis ich bebte. Erst ein Finger, dann zwei testeten meine Nässe, bevor sie in mich hineinglitten. Wieder stöhnte ich auf, als sich die Lust immer weiter steigerte.

Marco biss mich sanft, gerade fest genug, sodass mich ein kurzer lustvoller Schmerz durchfuhr, woraufhin mein Höhepunkt über mich hereinbrach. Ich kam zitternd an seinem Mund. Der Orgasmus überspülte mich, und die Sterne, die Marco mir versprochen hatte, blitzten hinter meinen Augenlidern auf.

Marco lächelte und küsste mein Geschlecht erneut, als mein Zittern nachließ. Dann legte er sich neben mich, zog mich dicht an sich und presste seine Lippen auf meine. Ich schmeckte meinen säuerlichen Geschmack in seinem Mund. Gesättigt und doch immer noch hungrig schmiegte ich mich an ihn. Seine harte Länge wölbte sich gegen den Hosenschlitz. Seine Hüften drückten sich an meinen Körper, während seine Hände meinen Po streichelten. Meine Nervenenden vibrierten.

Es wäre so einfach, ihm die Hose auszuziehen und mich ihm zu öffnen. Unsere Gefährtenbindung zu festigen und uns für immer aneinanderzubinden.

„Ren", flüsterte Marco an meinem Mund. Ich hörte das Verlangen in seiner Stimme. Ein großer Teil von mir wollte es auch. Doch als wir uns auf dem Rücken rollten und er auf mir lag, fiel mein Blick auf Wests leeren Schlafsack.

Diese Begegnung hatte eigentlich mit dem Wolfswandler begonnen. Mit ihm und diesem heißen Traum. Und jetzt machte ich stattdessen mit Marco rum.

Wusste ich in diesem überschwänglichen Augenblick wirklich, *was* ich wollte? Die Gefährtenbindung war für ein Leben lang. Wenn ich sie mit den Jungs einging, wollte ich mir absolut sicher sein. Ohne, dass mir eine fehlgeleitete Lust den Verstand vernebelte.

Marco richtete sich über mir aus, sodass unsere Körper genau aufeinanderlagen. Seine Erektion drückte zwischen meine Beine. Ich ertrank in seiner Hitze.

Ich berührte seine Wange und schob ihn nach einem weiteren Kuss weg. Er grinste mich an und in seinen Augen lag eine so intensive Begierde, dass mich Schuldgefühle überkamen. Das Grinsen verschwand, als er meinen Gesichtsausdruck sah.

„Prinzessin?"

Ich schnappte zitternd nach Luft. „Es tut mir leid. Ich glaube, ich bin noch nicht so weit. Noch nicht ganz."

Es gelang ihm nicht, die Enttäuschung zu verbergen, die über sein Gesicht huschte, bevor er sie mit seiner üblichen Lässigkeit zu überspielen versuchte. Er streichelte meine Hand und sein Lächeln kehrte zurück. „Ren, ich werde dich nicht drängen. Aber du weißt, warum ich dich so sehr will, oder? Meine schöne Flammenprinzessin. Du hast keine Ahnung, wie viel du mir bereits bedeutest."

Die sanften Worte brachten mein Herz zum Flattern. „Du kennst mich kaum", konnte ich nicht umhin zu betonen.

„Ich kenne dich gut genug." Er bewegte seinen Kopf auf meinen zu, nicht um mich zu küssen, sondern um mir ins Ohr zu flüstern. Sein intensiver würziger Kaffeeduft stieg mir in die Nase. Mir lief fast das Wasser im Mund zusammen.

„Du bist die entschlossenste Frau, die ich je getroffen habe", sagte er. „Ich weiß, dass du alles tun würdest, um die Menschen zu verteidigen, die du liebst. Du machst mir mit deiner Schlagfertigkeit Konkurrenz. Und noch nie hat mir jemand so viel bedeutet wie du. Das verspreche ich dir."

Seine gehauchten Worte an meinem Ohr ließen meine Haut kribbeln. Er bewegte sich über mir, und ich wimmerte fast, als ich seinen Schwanz spürte, der immer noch hart gegen meine Mitte drückte. Meine Finger umklammerten seine Schultern. Er rieb sich sanft an mir, was mein Inneres zum Beben brachte. Ich konnte kaum einen klaren Gedanken fassen. So vieles in mir schrie nach einer weiteren Erlösung.

„Und ich hoffe, du hast wenigstens ein paar positive Gefühle mir gegenüber", fügte Marco hinzu.

„Ich denke, das ist ziemlich offensichtlich", murmelte ich, doch diese lapidare Antwort fühlte sich nicht gut genug an. „Es liegt nicht an dir. Diese ganze Situation fühlt sich für mich einfach noch nicht normal an. Ich hatte noch nie eine Beziehung, geschweige denn mit *vier* Typen gleichzeitig, die ich erst seit ein paar Tagen kenne. Du bist in dem Wissen aufgewachsen, dass es so sein würde. Ich habe das alles noch nicht realisiert."

„Ich weiß, Prinzessin. Ich weiß." Er verstummte und küsste mich auf die Wange. „Ich werde warten. Ich kann es nur kaum erwarten, unser gemeinsames Leben zu beginnen, jetzt, wo ich dich gefunden habe."

Bei diesen liebevollen Worten stockte mir der Atem. „Ich werde bald so weit sein", sagte ich.

Zumindest hoffte ich das. Die Gefühle in meiner Brust schienen plötzlich noch verworrener zu sein. Lust war einfach. Liebe … Würde ich wirklich in der Lage sein, allen vier Jungs mein Herz zu schenken?

6

Ich hatte in meinem Leben schon viel Schmerz erlebt. Egal welche Art von Schmerz, ich hatte ihn wahrscheinlich mindestens einmal durchgemacht. Aber ich hatte noch nie eine so qualvolle Folter erlebt, wie neben meiner Gefährtin aufzuwachen, die noch nicht ganz meine Gefährtin war.

Ren schlief noch. Ihr Gesichtszüge waren entspannt, und ihr Haar fiel in zerzausten dunkelbraunen Wellen vom oberen Ende des Schlafsacks herab. Sie sah wie ein Engel aus und ich wollte sie sanft küssen – außerdem wollte ich sie an mich ziehen und über sie herfallen, bis sie einwilligte, das zu Ende zu bringen, was wir letzte Nacht begonnen hatten.

Mein Schwanz wurde hart, als ich daran dachte, wie sie sich angefühlt hatte. Ihr Geruch stieg mir in die Nase, ihr Geschmack erfüllte meinen Mund, der leise Schrei, den sie ausgestoßen hatte, als sie gekommen war. Ich könnte ihr sogar noch mehr Lust bereiten. Sie musste mir nur die Chance dazu geben.

Es würde eine Weile dauern, bis sie sich an alles gewöhnt hatte. Das war verständlich. Während wir fast zwei Jahrzehnte lang darauf gewartet hatten, hatte sie nur ein paar Tage Zeit gehabt, alles zu verarbeiten. Ich war doch eine Raubkatze, oder? Ich wusste, wie man Leuten ihren Freiraum ließ.

So schmerzhaft das auch sein mochte.

Ich streckte mich auf dem harten Boden, während ich darauf wartete, dass meine Erektion nachließ. Diese Feenfrau – der Gedanke an sie war ein guter Stimmungskiller. Ich wette, wenn sie meinen Schwanz berühren würde, würde er zusammenschrumpfen wie ein trockenes Herbstblatt.

Das funktionierte. Mein Unterkörper kühlte ab. Ich schälte mich aus dem Schlafsack und kroch aus dem Zelt.

Nate war gerade dabei, etwas in einer Pfanne über dem Feuer zu braten. Wir hatten einen guten Vorrat an gepökeltem Speck mitgebracht, der zwar nicht gekocht werden musste, gebraten allerdings doppelt so gut schmeckte. Der salzige, fleischige Geruch kitzelte mich in der Nase. Mein Magen knurrte. Normalerweise ging ich nie wandern, also war ich nach der Bergbesteigung völlig ausgehungert.

Wenn ich Ren schon nicht vernaschen konnte, konnte ich wenigstens beim Frühstück auf meine Kosten kommen.

„Wo sind unser Wolf und unser Adler?", fragte ich, ließ mich am Feuer nieder und streckte meine Beine aus. Der Rauch stieg spiralförmig zu einem kleinen Spalt in der

Höhlendecke über uns auf. „Und wie lange dauert es, bis du was von dem Speck rausrückst?"

„Du kannst gleich etwas haben", sagte Nate mit dem Anflug eines Lächelns. Der Bär wirkte heute Morgen entspannter, obwohl er die zweite Hälfte der Nacht Wache geschoben hatte. Mit überraschendem Geschick zog er ein paar Streifen aus der Pfanne und warf sie mir zu. Ich schnappte sie mir aus der Luft und biss hinein. Das heiße, knusprige Schweinefleisch brannte mir auf der Zunge, doch das Brennen war die Sache wert.

„Brötchen", fügte Nate hinzu und warf mir die Packung zu. Die teigigen Klumpen schmeckten nicht halb so gut wie das Fleisch, aber sie waren eine gute Energiequelle für den Beginn des Tages. Nate schob sich ebenfalls eins in den Mund, während er noch mehr Speckstreifen in die Pfanne warf. „Aaron und West erkunden das Gebiet weiter unten in der Höhle in beide Richtungen. Aaron wollte nach gestern kein Risiko eingehen."

Wegen der Feenfrau oder wegen des Wiesels? Beides war Anlass zur Sorge. Ich riss ein Brötchen in zwei Hälften und schob den Rest meines Specks dazwischen, sodass ein unförmiges Sandwich entstand. Im Nu hatte ich es verschlungen und griff nach einem weiteren. Nate warf mir einen missbilligenden Blick zu, als ich erneut einen Blick auf die Pfanne warf.

„Lass den anderen auch was übrig", tadelte er. „Schläft Ren noch?"

Ich nickte. „Ich dachte mir, die Prinzessin hat ihren Schönheitsschlaf verdient."

Nate zuckte leicht zusammen, als würde er denken, ich

hätte seine Bemerkung als Beleidigung aufgefasst. „Sie hat sich tapfer geschlagen."

„Natürlich hat sie das", erwiderte ich mit einer abwinkenden Handbewegung. Ren war auf diese Art von körperlicher Belastung noch weniger vorbereitet gewesen als wir anderen. Und sie hatte sich an diesem ersten Tag zweimal in ihre Drachengestalt verwandelt. Von mir aus hätte sie bis Mittag schlafen können. Aber wir mussten unser Ziel möglichst schnell erreichen. Die Brötchen schmeckten bereits ein wenig schal.

„West hat am Feuer geschlafen, als ich vom Wachdienst zurückkam", sagte Nate in einem vorwurfsvollen Ton. „Nicht im Zelt."

Ich zuckte mit den Schultern. „Du weißt ja, wie unser Wolfsjunge ist. Er hat immer noch Probleme damit, unsere Flammenprinzessin in seiner Nähe zu dulden."

Der Hunde-Alpha war ein Idiot. Die Gefährtin, auf die wir alle unser ganzes Leben lang gewartet hatten, stand direkt vor ihm, bettelte ihn praktisch an, zu ihr zu kommen, und er zog den Schwanz ein und ging. Er musste sie genauso sehr wollen wie ich. Daher konnte ich diese Art der Selbstverleugnung kein bisschen nachvollziehen.

Schritte ertönten auf dem felsigen Boden. Aaron kam in Sicht, sein nachdenklicher Gesichtsausdruck hellte sich beim Geruch des Essens auf. Er schlenderte zum Feuer hinüber und nahm sich ein Stück Speck aus der Pfanne. Angeber.

Ich musterte den Adlerwandler, der am Feuer kauerte. Was genau hatte er getan, dass Ren ihn zuerst gewählt hatte? Dass sie ihn gewählt hatte und trotzdem zögerte, was den Rest von uns betraf. Ich war diesem Vogelhirn mindestens ebenbürtig.

„Kein Grund zur Sorge da vorne", sagte er. „Zumindest nicht, soweit ich sehen konnte."

„Hinter uns auch nicht", sagte West, der von der anderen Richtung aus dem Schatten trat. Er ließ seine Gelenke knacken und dehnte seinen Hals. „Lasst uns essen und dann aufbrechen. Wo ist Ren?"

„Ich komme schon", murmelte eine Stimme im Zelt. Unsere Drachenwandlerin öffnete die Klappe, kroch heraus und fuhr sich mit den Fingern durch ihr zerzaustes Haar. Selbst direkt nach dem Aufwachen und in zerknitterte Kleidung war sie die schönste Frau, die ich je gesehen hatte. Ich musterte sie bewundernd.

Sie hob den Kopf und schnupperte. „Schon wieder Speck?"

„Es wird gegessen, was auf den Tisch kommt, Flamme", sagte West, und seine ohnehin schon verdrießliche Miene wurde noch mürrischer. Ja, der Wolfsjunge hatte eindeutig an irgendetwas zu knabbern. Pech für ihn. So hatte ich mehr Spielraum für meine Züge.

Ren kam auf uns zu. „Ich beschwere mich nicht. Ich würde für den Rest meines Lebens nichts anderes als Speck essen, wenn man dadurch nicht Skorbut bekommen würde." Sie setzte sich im Schneidersitz zwischen Aaron und mich und summte fröhlich vor sich hin, als Nate ihr ein paar Streifen reichte.

Sogar die Art, wie sie in den Speck knusperte, war so sexy, dass ich fast wieder steif wurde. Verdammt, diese

Gefährtensache war brutal. Und zwar auf die quälendste Art und Weise.

Auf einmal machte sich ein deutlich weniger angenehmes Gefühl in meinem Bauch breit. Mein Körper erstarrte. Ich runzelte die Stirn, als mein Magen gluckerte und grummelte. Dieses Gefühl gefiel mir ganz und gar nicht. Was war denn auf einmal mit meinen Eingeweiden los?

„Was ist los, Marco?", fragte Aaron, dessen Adleraugen natürlich nichts entging.

„Nichts", antwortete ich und winkte ab. „Es ist nur–".

Ich wollte sagen, dass es nur meine Verdauung war. Doch, bevor ich die Worte aussprechen konnte, durchströmte eine fiebrige Röte meinen Körper. Mein Magen überschlug sich regelrecht und wanderte in Richtung meiner Kehle. Ich konnte nichts anderes tun, als mich umzudrehen, bevor ich das Essen, das ich eben zu mir genommen hatte, auf den Boden erbrach.

*Ren*

Marco kippte mit einem gurgelnden Laut um. Ich sprang auf die Füße, mein Herz stotterte. Meine Finger gruben sich in das Brötchen, das ich mir gerade genommen hatte. Der salzige Geschmack des Specks wurde sauer in meinem Mund.

Die anderen Jungs sprangen ebenfalls auf. Aaron

rannte an Marcos Seite. „Mir geht's gut", protestierte der Jaguarwandler, bevor er erneut würgte und sich den Bauch hielt. West, der wie erstarrt war, beäugte ihn. Nate machte einen Schritt auf ihn zu, bevor er plötzlich innehielt und sich mit einer Hand den Bauch hielt. Schweiß glänzte auf seiner Stirn.

„Es geht ihm nicht gut", sagte er. „Und ich glaube, mir auch nicht."

„Das Essen", knurrte West. Er kniete sich neben den Rucksack, in dem sich unsere Essensvorräte befanden, beugte sich vor und atmete tief ein. Er roch an der Packung mit dem Speck, bevor er sie beiseite warf und nach den Brötchen griff. Als er seine Nase an die Öffnung der Tüte presste, verengten sich seine Augen. Er atmete erneut ein, langsam und bedächtig.

„Die sind vergiftet", sagte er.

Ich hatte kaum Gelegenheit, mich zu fragen, wie oder was genau das zu bedeuten hatte, da stürmte Nate bereits um das Feuer herum und schlug mir das Brötchen, das ich in der Hand hielt, aus den Fingern. Ich blinzelte ihn an und schüttelte meine brennende Hand.

„Tut mir leid", sagte er und verzog den Mund. „Ich konnte dich nicht–".

Er taumelte zur Höhlenwand hinüber und ließ sich auf den Boden sinken. Aaron wandte sich zu West um.

„Was ist los? Wie ernst ist es?"

„Es ist irgendein Gift", sagte West. Er zog ein Brötchen heraus, brach es auseinander und schnupperte noch einmal vorsichtig daran. „Eine natürliche Substanz, nicht künstlich. Schwer aufzuspüren, wenn man nicht danach sucht. Und genau das war wohl der Sinn der Sache.“

„Sie sind *vergiftet* worden?“, platzte ich hervor. „Was sollen wir jetzt tun?“

„Wie viele von denen hast du gegessen?“, fragte West Marco.

„Ein paar“, murmelte Marco. Er wischte sich über den Mund, sein dunkles Haar hing über seine dunklen Augen. Er wandte sein Gesicht ab, als würde er sich schämen – als würde er denken, ich würde etwas anderes als Besorgnis und Mitleid empfinden, meine Gefährten in diesem Zustand zu sehen. Ich ballte meine Hände zu Fäusten.

„Ich hatte nur eins“, sagte Nate, der immer noch an der Wand lehnte, seine Stimme war angestrengt. Seine ausgestreckten Beine zitterten.

„Sie sind nur mit einer geringen Menge Gift versetzt“, erklärte West. „Damit wir es nicht so schnell merken. Natürlich spürst du die Wirkung, aber es würde mich wundern, wenn es ausreichen würde, um dich zu töten.“

Marco schnaubte. „Oh, wie *überaus* beruhigend.“

Wenn er noch zu Sarkasmus fähig war, konnte es nicht so schlimm um ihn stehen. Doch ihm war anzusehen, dass er sich elend fühlte. Er hielt sich krampfhaft den Bauch. Ich schaute von ihm zu Nate, da ich den beiden beistehen und sie gleichzeitig trösten wollte. „Wer könnte das getan haben? Meint ihr, dieses Wiesel gestern …“

West zog eine Grimasse. „Da ist ein schwacher Geruch, der dafürsprechen würde. Diese Viecher riechen alle leicht ölig. Ich würde sagen, er ist auf jeden Fall unser Täter.“

Damit war zumindest die Frage nach dem *Warum*

beantwortet. Die Abtrünnigen wollten uns mit allen Mitteln angreifen. Wir mussten uns erst einmal keine Sorgen wegen eines weiteren Angriffs machen, da die Feenwesen diesen Feind gestern vernichtet hatten. Aber …

„*Wann* könnte er es getan haben? Wir haben gestern Morgen alle Brötchen gegessen, und uns hat nichts gefehlt. Und seitdem waren sie im Rucksack, oder?"

Aaron nickte. „Und wir haben ihn nicht aus den Augen gelassen."

„Es gab Momente, in denen wir nicht so auf die Rucksäcke geachtet haben", gab Nate zu bedenken. „Als wir das Zelt zusammengepackt haben. Während der Mittagspause."

„Man sollte meinen, wir hätten das Wiesel gerochen, wenn es uns tatsächlich so nahegekommen ist." West legte die Tüte mit den Brötchen auf den Boden, seine Augen verengten sich. „Es ist fast so, als ob er es mithilfe eines Zaubers geschafft hätte, um uns herumzuschleichen, meint ihr nicht?"

Aaron warf ihm einen scharfen Blick zu. „Es ist besser, keine Anschuldigungen zu machen, für die wir keine Beweise haben."

„Ja", stimmte West zu und richtete sich auf. „Aber es ist etwas, das wir im Hinterkopf behalten sollten."

Ein Zauber. Glaubte er, die Feenwesen hätten dem Wieselwandler geholfen, an uns heranzukommen? Doch, wenn sie uns etwas antun wollten, warum sollten sie dann ihren Verbündeten töten und so tun, als wären sie auf unserer Seite?

Ich wusste nicht, ob es sicher war, diese Frage zu stellen. Die Feenfrau hatte gesagt, dass ihre Leute den

Berg verlassen würden, doch wenn sie uns vergiften wollten, konnten wir offensichtlich nichts von dem glauben, was sie uns erzählt hatten. Und da sie einfach aus dem Nichts aufgetaucht war – wie konnte ich sicher sein, dass sie nicht gerade jetzt unser Gespräch belauschten?

Ein unheimliches Kribbeln kroch über meine Haut.

Marco schleppte sich zurück zum Feuer, weg von der Pfütze aus Erbrochenem. Wie Nate schwitzte er, und sein Gesicht war fahl unter dem glänzenden Schweiß. Sein Arm zitterte, als er sich darauf abstützte. Aber seine Augen waren relativ klar.

Ich kniete mich neben ihn und legte meine Hand auf seine Schulter, um ihm zu zeigen, *wie* wichtig er mir war. „Du solltest dich ausruhen, bis du dich besser fühlst." Ich blickte zu Nate hinüber. „Du auch. Ich will nicht, dass ihr *noch* kränker werdet, als ihr es ohnehin schon seid."

Mein Blick wanderte zu Aaron. Er war derjenige, der am meisten las. Vielleicht waren bei seiner Lektüre auch ein paar medizinische Bücher dabei gewesen. „Können wir irgendetwas tun, damit sie sich schnell erholen?"

Aarons strahlend blaue Augen waren ernst. „Es gibt für jedes Gift ein Gegenmittel, aber unsere Vorräte sind ziemlich begrenzt. Und wir wissen nicht, um welches Gift es sich handelt. West, wir haben doch den Erste-Hilfe-Kasten aus dem Auto mitgebracht, oder? Ist da Aktivkohle drin?"

Wests Niedergeschlagenheit lichtete sich für einen Moment. „Wahrscheinlich. Wir hatten in der Vergangenheit Probleme mit Drogen unter den jugendlichen Gestaltwandlern, deswegen haben wir gerne welche griffbereit, falls es zu einer Überdosis kommt. Ich sehe mal nach.“

Während er die Rucksäcke durchwühlte, ging ich zu Nate. Der Bärenwandler drehte mir seinen Kopf zu, als ich sein markantes Gesicht berührte.

„Das wird schon wieder“, sagte er etwas heiser. „Wir müssen nur warten, bis das Gift vom Körper ausgeschieden wird.“

Doch wir waren deutlich geschwächt, wenn zwei meiner Alphas kaum aufrecht stehen konnten. Ich kuschelte mich an seinen Arm und meine Hilflosigkeit zerriss mich innerlich. Meine Gefährten brauchten mich, und ich konnte nichts tun. Selbst meine Drachin konnte das Gift nicht aus ihnen herausbrennen. Und natürlich musste Nate so gelassen tun, als wären meine Sorgen ein größeres Problem als seine *Vergiftung*.

Ich knirschte mit den Zähnen. Wenn dieser Wieselwandler nicht schon von der Feenmagie vernichtet worden wäre, würde ich mich sofort auf die Suche nach ihm machen. Wobei ich ihm ebenfalls keine Fragen gestellt hätte. Er hätte als netter kleiner Drachensnack geendet.

West eilte herbei, in seiner Hand hielt er einen Behälter mit schwarzem Pulver. Er tauchte einen kleinen Löffel hinein und bot es Nate an. „Es schmeckt scheiße, aber es zieht das Gift aus deinem Magen.“

Nate schluckte das Pulver hinunter und verzog das Gesicht. Er versuchte, aufzustehen, doch ich hielt seinen Arm fest.

„Auf keinen Fall. Bleib ausnahmsweise mal sitzen. Du musst dich ausruhen. Verausgab dich nicht!“

Er ließ sich zurücksinken, wenn auch äußerst zögerlich. „Wir sollten nicht allzu lange hierbleiben. Es sind noch mehr Abtrünnige entkommen. Vielleicht sind sie uns noch auf den Fersen."

„Oder andere, die uns Schaden zufügen wollen", murmelte West dunkel.

„Und wir haben gerade einen großen Teil unserer Essensvorräte verloren", fügte Marco hinzu. Er lag jetzt ausgestreckt auf dem Rücken, sein muskulöser Brustkorb hob und senkte sich, während er stockend atmete. „Nun, sieht so aus, als wäre diese Wanderung gerade um einiges spannender geworden."

# 7

Die Luft kribbelte auf meinen Flügeln. Ich flog über den Berghang und genoss es, in meinem Drachenkörper dahinzugleiten. Nachdem ich so lange in den Höhlen gewesen war, machte mich das Gefühl der Freiheit schwindlig. Ein Teil von mir sehnte sich danach, so kräftig wie möglich mit den Flügeln zu schlagen und über die hoch aufragenden Gipfel zu fliegen, doch ich zügelte meinen Impuls. Ich war nicht zum Vergnügen hier draußen.

Meine scharfen Drachenaugen suchten die felsige Umgebung erneut ab. Aaron hatte recht gehabt, als er die Jagdmöglichkeiten hier oben angezweifelt hatte. Ich hatte auf dieser Höhe des Berges noch kein einziges Lebewesen entdeckt.

Jetzt folgte er mir in seiner Adlergestalt und hielt ebenfalls Ausschau, wobei er mich stets im Auge behielt. Nur für den Fall, dass ich die Kontrolle über meine

Verwandlungsfähigkeiten verlieren sollte. Obwohl ich von der Vorstellung, einen Babysitter zu haben, nicht gerade *begeistert* war, war es irgendwie beruhigend. Als mir die letzten beiden Male die Energie ausgegangen war und ich mich zurückverwandeln musste, war es ohne jegliche Vorwarnung passiert.

Ich machte einen Schlenker, um den Hang hinunterzugleiten, an dessen Fuß sich ein paar spärliche Bäume und Sträucher an den Felsen klammerten. Der sich verdunkelnde Abendhimmel verbarg meine riesige, geschuppte Gestalt vor jedem, der vielleicht von der Stadt aus in den Himmel blickte. Alles, was ich von Sunridge sehen konnte, waren schwach leuchtende Lichtpunkte in der schattigen Landschaft zwischen den Bergen.

Während Marco und Nate sich ausruhten, hatte West, der von uns allen die schärfste Nase hatte, den Rest unserer Lebensmittelvorräte durchforstet. Neben den Brötchen mussten wir auch einen Haufen Dörrfleisch und eine Tüte Äpfel wegwerfen. Meine wertvollen Doritos waren sauber, aber damit würden wir nicht weit kommen.

Auch wenn die Jagd bisher nicht sonderlich ergiebig gewesen war, blieb uns nichts anderes übrig, als es zu versuchen. Als wir wieder losmarschiert waren, natürlich langsamer wegen der geschwächten Jungs, hatten wir glücklicherweise einen Spalt in der Decke entdeckt, durch den ich in meiner Drachengestalt hindurchpasste. Ich hatte es gerade so geschafft, mich hindurchzuzwängen.

Mit einem Schlag kehrte ich in die Gegenwart zurück. Ein Schatten hatte sich durch das spärliche Gestrüpp bewegt. Ein großer Hase, der zaghaft von einem Strauch zum nächsten hoppelte. Nicht gerade eine üppige

Mahlzeit für fünf Personen, aber ich würde nehmen, was ich kriegen konnte.

Ich stürzte hinab und streckte meine Vorderbeine aus. Der Hase erstarrte, als er mich herannahen hörte und beschloss in letzter Sekunde, dass davonzulaufen die beste Strategie war. Doch es war bereits zu spät. Mit meinen Klauenfüßen umklammerte ich ihn, wobei eine meiner Krallen seine Kehle durchtrennte, damit er nicht herumzappelte.

Ihn zu töten war einfacher gewesen, als ich erwartet hatte. Mein natürlicher Instinkt hatte die Kontrolle übernommen. Ich erinnerte mich daran, was West neulich gesagt hatte, nachdem er ein Reh erlegt hatte. Wir sind alle Raubtiere. Damals hatte ich gedacht, er würde sich nur auf die Alphas beziehen. Aber er könnte auch mich gemeint haben.

Ich wollte mich jedoch nicht daran *gewöhnen*, zu töten.

Meine Muskeln begannen zu zucken, als der Drang, mich zurückzuverwandeln immer stärker wurde. Ich war jetzt schon eine ganze Weile in meiner Drachengestalt. Viel länger als die letzten beiden Male, doch ich wollte mein Glück nicht überstrapazieren. Ich schoss den Berghang hinauf auf die Felsspalte zu, durch die ich die Höhle verlassen hatte. Aaron folgte mir mit einem kleineren Kaninchen.

Das Kribbeln grub sich tiefer in meine Muskeln. Der Kiefer meiner Drachin verkrampfte sich. Ich musste durchhalten. Wenn ich mich hier draußen am Berghang in einen Menschen zurückverwandelte, völlig nackt … Wenn wir zu weit von der Höhle entfernt waren, konnte selbst Aaron mich nicht mehr rechtzeitig zurückbringen, bevor ich erfrieren würde. Und dann gäbe es überhaupt keine Drachenwandlerin mehr.

Ich schlug kräftig mit den Flügeln. Jetzt fühlte es sich nicht mehr so berauschend an. Dann erblickte ich vor mir die Rettung. Dünne Rauchschwaden schwebten in die kalte Abendluft hinauf. Ich stürzte darauf zu.

Die raue Felskante schabte über meine Schuppen, als ich hindurchtauchte. Ich verwandelte mich im Fall und schlug unsanft auf Knien auf, die bereits teilweise menschlich waren. Der Aufprall erschütterte meine Knochen.

Den Hasen hatte ich bei meiner unsanften Landung jedoch nicht verloren. Ich fühlte sein dickes weiches Fell zwischen meinen Fingern.

Nate eilte mit meiner Kleidung herbei. Der Bärenwandler bewegte sich noch träger als sonst, hatte inzwischen jedoch wieder eine gesündere Farbe. Die Kohle, die West ihm und Marco gegeben hatte, schien ihnen geholfen zu haben. Ich wollte gar nicht daran denken, was passiert wäre, wenn sie mehr von den Brötchen gegessen hätten. Oder wir alle.

Ich ließ mir von Nate meine Jacke über die Schultern legen, um mich vor der schlimmsten Kälte zu schützen, und zog mir dann so schnell wie möglich den Rest meiner Kleidung an. Anschließend lief ich zum Feuer, wo Nate bereits den Hasen und Aarons Kaninchen hingebracht hatte.

Mein Adlerwandler zog sich gerade sein Hemd an. Beim Anblick seiner muskulösen Brust — war das tatsächlich ein Eight-Pack? — die unter dem Stoff verschwand, erschauderte ich auf eine ganz andere Art. Okay, jetzt war mir warm.

Marco saß am Feuer und sah schon etwas besser aus als heute Morgen. Doch ich wusste, dass ihn das Gift härter getroffen hatte als Nate, wahrscheinlich weil er eine höhere Dosis abbekommen hatte. Er verzog leicht den Mund, als er sich bückte, um den Müsliriegel zu fangen, den West ihm zuwarf. Und seine Scherze hatten nicht mehr die gleiche Leichtigkeit wie sonst.

„Die Abtrünnigen sollten sich besser nicht mehr mit uns anlegen", sagte er schnippisch. „Ich habe jetzt *wirklich* ein Hühnchen mit ihnen zu rupfen. Und ein paar von ihnen würde ich gerne Dinge in verschiedene Körperteile rammen. Eine schöne spitze Rippe durch den Bauch wäre genau das Richtige."

West verdrehte die Augen. Er beugte sich vor und stocherte im Feuer herum. Ich wusste, dass wir auch nicht mehr viel Holz hatten. Da es schwer war, konnten wir nicht viel davon tragen, und seit wir die Höhlen betreten hatten, hatten wir es nicht geschafft, Holz zu ergattern, um unseren Vorrat aufzustocken. Vielleicht würde ich morgen früh auf die Suche gehen müssen.

„So viel Schaden scheinen sie dir nicht zugefügt zu haben", sagte West zu Marco. „Du quasselst immer noch genauso viel wie davor."

Marco warf ihm einen bösen Blick zu. „Es braucht schon mehr als ein paar vergiftete Brötchen, um den Anführer der Katzensippe loszuwerden."

„Wir wissen nicht, was sie als Nächstes versuchen werden." Nate stach mit einem Messer in das Fell des

Hasen, um ihn zu häuten. „Wir müssen heute Nacht besonders wachsam sein."

„Glaubst du wirklich, dass wir uns Sorgen machen müssen, dass es außer den Abtrünnigen noch jemand anderes auf uns abgesehen hat?", fragte ich vorsichtig. Ich wusste immer noch nicht, ob es klug war, die Feen direkt zu erwähnen. West hatte heute Morgen nur angedeutet, dass sie etwas mit dem Gift zu tun haben könnten.

Aaron begriff sofort, was ich meinte. „Es gibt Verträge zwischen allen großen übernatürlichen Gemeinschaften", sagte er. „Ein nicht provozierter Angriff auf die Anführer einer Gemeinschaft zieht schwerwiegende Konsequenzen nach sich. Es wäre ein großes Risiko."

„Wenn wir nachweisen könnten, wer es war", murmelte West. „Wenn man es jemand anderem einfach nur erleichtert, den Job zu erledigen, kann man leicht ungeschoren davonkommen."

„Sind unsere Beziehungen zu den anderen Gemeinschaften so schlecht, dass sie uns loswerden wollen?", fragte ich.

Aaron schüttelte den Kopf. „Nein, das glaube ich nicht. Es ist möglich, aber West geht von der schlimmsten Erklärung aus, nicht von der wahrscheinlichsten."

„Das kann man leicht sagen, wenn man einfach wegfliegen kann, wenn es hart auf hart kommt, Adlerjunge", sagte Marco.

Er sagte es scherzhaft, aber ich sah, wie Aarons Kiefer zuckte. Er hatte mir vor ein paar Tagen erzählt, dass die Vogelwandler von den anderen Sippen oft als minderwertig betrachtet wurden – und er damit als der unbedeutendste Alpha galt. Auch wenn er diese Meinung nicht teilte, mussten ihn solche unbedachten Äußerungen treffen. Ich wusste, dass er uns nie im Stich lassen würde, egal wie schlimm die Dinge stehen würden.

„Doch das würde er nie tun", sagte ich. „Wir geben alle unser Bestes."

„Das Beste, was wir tun können, ist, von diesem Berg zu verschwinden", erklärte West. „Ich nehme an, du hast keine Ahnung, wie lange das noch dauern wird, Flamme?"

Bei dem Spitznamen verzog ich das Gesicht und gleichzeitig verkrampfte sich mein Magen. Ich spürte immer noch den inneren Sog, der mich zu irgendetwas hinzog, was auf uns wartete – allerdings hatte ich keine Ahnung, wie weit wir noch gehen mussten. Wenn ich einfach allein weitergehen könnte …

Aber das wäre dumm. Und genau das, worauf es diejenigen, die mich loswerden wollten, anlegen würden. Diese Angriffe zielten in erster Linie auf die Drachenwandlerin ab. Die Abtrünnigen wollten meine Linie auslöschen. Meine Alphas waren nur verletzt worden, weil sie sich ihnen in den Weg gestellt hatten.

„Es kann nicht mehr weit sein", brachte ich schließlich hervor. „Es kann nicht mehr viel *Berg* übrig sein."

„Und morgen sollten Marco und ich wieder in normalem Tempo laufen können", fügte Nate hinzu. Er hielt die gehäuteten Tierkörper über das Feuer. Die Flammen leckten über das Fleisch und ein köstlicher Grillgeruch erfüllte die Luft. „Es hat keinen Sinn, über Dinge nachzugrübeln, die wir nicht wissen können. Wir bereiten uns einfach so gut vor, wie wir können, dann sind wir für alles gerüstet."

Ich wünschte, ich wäre ebenso zuversichtlich. Ich war

mir nicht einmal sicher, ob ich es schaffen würde, länger als zehn Minuten am Stück in meiner Drachengestalt zu bleiben.

Aber auch wenn Wests Frage ein wenig hart war, hatte er nicht ganz Unrecht. Die vier waren meinetwegen hier, wegen der Mission, auf die mich meine Mutter geschickt hatte. Wenn Marco oder Nate etwas Schlimmeres zugestoßen wäre, wäre das meine Schuld gewesen.

Meine Finger juckten, da es hier nichts zu klauen gab. Kein einziges attraktives Ziel in meiner Umgebung.

Denn mir wurde klar, dass alles Menschen gehörte, die mir zu nahestanden, um von ihnen zu stehlen. Irgendwann in den letzten Tagen hatte sich mein Verstand mit dem Gedanken abgefunden, dass die vier Jungs und ich eine unerklärliche Verbindung teilten und sie dadurch zu meinem engsten Kreis gehörten, der bisher nur aus meiner Mutter, Kylie und mir bestanden hatte. Es verschaffte mir keine Befriedigung, von Menschen zu stehlen, denen ich vertraute.

Das Unbehagen verweilte während des gesamten Abendessens in meiner Magengegend. Mein Hunger war verschwunden, doch ich zwang mich, trotzdem eine ordentliche Portion Kaninchen hinunterzuschlingen, gefolgt von einem Müsliriegel, nur um Energie zu haben.

Marco und West übernahmen die erste Wache. Ich half Aaron, das Zelt aufzubauen, während Nate den Zeltplatz absicherte.

Als meine Finger die von Aaron hier und da streiften, wenn er an mir vorbeiging, um eine der Stangen zu befestigen, begann sich eine andere Art von Hunger in mir zu regen. Das Bedürfnis, die Verbindung zwischen uns zu spüren, mich daran zu erinnern, dass es richtig war, dass sie alle hier bei mir waren.

Als wir ins Zelt krochen, nahm ich seine Hand und zog ihn zu mir auf den Schlafsack. Er nahm mich in seine Arme und küsste mich. In dem Moment, als seine Lippen meine öffneten und ich die Wärme seines Körpers spürte, verblassten alle meine Sorgen. Ich war hier, wo ich hingehörte, mit den Männern, die für mich bestimmt waren.

Ich schob uns auf der gepolsterten Oberfläche auf die Seite, weil ich ihn von Kopf bis Fuß an meinem Körper spüren wollte. Er legte seinen Arm um mich, und sein Daumen strich über die nackte Haut meines Rückens unter meinem Oberteil. Ich bebte vor Lust und küsste ihn noch stürmischer.

Die Zeltklappe raschelte. Ich unterbrach den Kuss und blickte auf. Nate war hereingekommen. Er stand gebückt, um das Zelt mit seinem großen Körper nicht zum Einsturz zu bringen. Hitze flammte in seinen dunkelbraunen Augen auf, als er uns ansah, doch er zögerte, als wäre er unsicher, ob er hierbleiben oder wieder hinausgehen sollte.

Plötzlich fühlte es sich an, als würde es nicht mehr reichen, nur Aaron bei mir zu haben. Ich brauchte mehr. Ich wollte ganz und gar von dem Band des Verlangens und der Leidenschaft umhüllt sein, das uns alle miteinander verband.

Gestern hatte ich diesem Drang bei Marco und West fast nachgegeben. Die Jungs fanden es normal. Warum sollte ich mich zurückhalten?

Ich holte tief Luft und streckte meine Hand aus.

Ein Lächeln breitete sich auf Nates Gesicht aus. Er schmiegte sich an meine andere Seite und drückte mir einen Kuss in den Nacken. Und einfach so war ich von Wärme umgeben.

Der pfeffrige Moschusgeruch des Bärenwandlers vermischte sich mit dem salzigen Geruch meines Adlers. Ich atmete ihn tief ein und zog Aaron zu einem weiteren Kuss an mich.

Zwei Paar Hände wanderten über meinen Körper. Zwei Paar Lippen streichelten meine Haut. Aarons Zunge verschlang sich mit meiner, während Nate mir in die Schulterbeuge kniff. Der Bärenwandler legte seinen Arm um mich und streichelte meine Brüste. Aarons Finger wanderten über meine Taille und zogen meine Hüften näher an seine. Die Beule seiner Erektion drückte verlockend hart gegen meine Mitte. Wimmernd wölbte ich mich ihm entgegen.

Nate schob mein Shirt hoch, und der Adlerwandler zog sich zurück, damit der andere Alpha es mir ausziehen konnte. Dann machte Aaron sich an meinem BH zu schaffen, während ich an seinem Hemd zerrte, begierig darauf, die gestählte Brust zu sehen, auf die ich vor einer Stunde nur einen flüchtigen Blick erhascht hatte. Er zog es aus, und Nate, der hinter mir war, tat es ihm mit einem Kichern gleich. Als sie beide wieder näher zusammenrückten, brannte die Hitze zwischen uns regelrecht. Nackte Haut auf nackter Haut.

Aaron beanspruchte meinen Mund und umfasste gleichzeitig meine nackten Brüste. Meine Brustwarzen kribbelten bereits bei der leichtesten Berührung. Nate begann, sich an meiner Wirbelsäule entlangzuküssen.

Immer, wenn seine Lippen meine Haut berührten, durchbohrte ein Stich der Glückseligkeit meinen Körper. Ich stöhnte und wand mich, während in meinem Inneren das verzweifelte Verlangen nach Erlösung – egal welcher Art, egal was ich bekommen konnte – wuchs.

Nate hielt an meinem Rücken inne und fuhr mit seiner Zunge über die empfindliche Haut. Keuchend ermutigte ich ihn, weiterzumachen. Aaron reizte meine Brustwarzen mit Drehungen seiner Daumen, sodass sie noch steifer wurden. Jedes Streichen über diese Spitzen schürte das Verlangen in mir. Dann glitt Nates Hand über meinen Po und zwischen meine Beine.

Ich stöhnte erneut auf und drängte mich seiner Berührung entgegen. Mein Höschen fühlte sich völlig durchnässt an. Konnte er spüren, wie erregt ich war? Und das, obwohl ich meine Hose noch anhatte?

Aaron senkte seinen Kopf, um meine Brustwarze in seinen Mund zu nehmen. Nate streichelte mein Geschlecht. Ein Keuchen entwich meinen Lippen. Die Empfindungen, die ihre gemeinsame Zuwendung in meinem Körper auslösten, waren überwältigend, aber unbeschreiblich gut.

Ich wiegte meine Hüften, und mein Kitzler berührte Aarons Erektion. Auf einmal konnte ich das Verlangen nicht mehr ertragen. Ich zerrte an seiner Hose und fummelte an dem Knopf herum. Dann schob ich die Hose ein Stück nach unten. Aaron stöhnte auf, als ich seinen Schwanz umfasste. Seine glatte harte Länge pulsierte gegen meine Hand.

„Serenity", murmelte er. Es klang fast wie eine Frage. Und ich hatte die perfekte Antwort darauf.

„In mich", wimmerte ich. „*Sofort*."

Die Jungs zogen mir gemeinsam die Hose herunter. Aaron drehte mich um, sodass ich Nate zugewandt war. Während sich der Bärenwandler zu mir herunterbeugte, um mich auf den Mund zu küssen, streichelte mich mein Adler von hinten zwischen den Beinen, so wie Nate es zuvor getan hatte. Er brummte zufrieden, als seine Finger die Feuchtigkeit ertasteten, bevor er sie in meine heiße, glitschige Mitte eintauchten. Ich keuchte an Nates Mund. Dann rieb die Spitze von Aarons Schwanz über meine Öffnung. Ich erschauderte vor Lust und war kurz davor, sofort zu kommen.

Er drang mit einem langsamen, gleichmäßigen Stoß in mich ein, der mich mit einer Welle der Lust erfüllte. Ich hatte mich noch nie so ausgefüllt gefühlt. Aber Nate war auch noch da und küsste mich durch mein Stöhnen hindurch, streichelte meine Brüste und begann meinen Kitzler zu massieren.

Aaron drang von hinten tiefer in mich ein und hielt meine Hüften fest. Die Lust in mir schwoll mit jedem seiner Stöße und jeder Bewegung von Nates Händen an, bis sie fast unerträglich wurde. Ich musste mehr davon zurückgeben.

Ich griff nach Nates Jeans und er öffnete mit einer schnellen Bewegung den Reißverschluss. Seine Hüften bewegten sich ruckartig auf mich zu, als ich meine Hand hineinschob. Meine Finger umschlossen seinen Schwanz, der genauso hart und sogar noch größer als der von Aaron war, passend zu dem massigen Körper des Bärenwandlers. Allein bei dem Gefühl, ihn in meiner Hand zu spüren, stöhnte ich auf.

Die weiche Haut fest umklammert, ließ ich meine Hand im Rhythmus von Aarons Stößen auf und ab gleiten. An der Spitze bildete sich ein Lusttropfen. Ich verteilte ihn über seine Länge. Nate stöhnte und presste seinen Mund auf meine Lippen.

Aaron veränderte den Winkel unserer Körper so, dass er noch tiefer in mich eindringen konnte. Sein Schaft berührte die besondere Stelle in mir, und ich spürte, wie ich auf den Rand der totalen Glückseligkeit zusteuerte. Ich drückte Nate noch fester an mich, pumpte schneller, und er presste seine Hüften gegen mich. Seine Küsse wurden immer stürmischer, genauso wie mein Atem. Er rieb ein letztes Mal meinen Kitzler, und ein feuerwerksartiger Orgasmus explodierte in mir.

Als ich kam, umklammerte ich Nates Schwanz, und er folgte mir. Heiße Flüssigkeit spritzte auf meinen Bauch. Dann kam auch Aaron, mit ein paar letzten Bewegungen seiner Hüfte. Er biss mir in die Schulter, als er sich in mir ergoss. Diese Mischung aus Schmerz und Vergnügen reichte aus, um mich erneut kommen zu lassen.

Keuchend und entkräftet brachen wir aufeinander zusammen. Nate strich mir das schweißnasse Haar aus der Stirn und drückte mir einen Kuss darauf. „Unsere Drachenwandlerin", sagte er so zärtlich, dass mein Herz zu schmerzen begann.

Aaron schnappte sich seinen Schlafsack und zog ihn wie eine Decke über uns. Eingekuschelt zwischen zwei meiner Gefährten schlief ich ein, und konnte für einen kurzen Moment vergessen, dass der schwierigste Teil unserer Reise noch vor uns lag.

# 8

„Ich glaube, wir nähern uns dem Ziel“, sagte ich und zuckte zusammen, als mir auffiel, wie dumm diese Bemerkung klang. Natürlich *näherten* wir uns dem Ziel, sonst wäre der ganze Weg umsonst gewesen. Was ich eigentlich sagen wollte, war, dass wir jetzt nahe dran waren. Während der Wanderung durch die Höhle heute Morgen hatte sich der Sog in mir zu einem heftigen Zerren verstärkt. Aber da ich keine Ahnung hatte, was *nahe dran* sein bedeutete, wollte ich es nicht riskieren, es zu sagen, falls ich mich irrte. Ich konnte mir den verächtlichen Blick, den West mir zuwerfen würde, schon vorstellen.

„Für einen Ort, den die Feenwesen offenbar als Sommerresidenz nutzen, könnte die Beleuchtung wirklich besser sein“, bemerkte Marco trocken. Wir hatten die letzten Löcher in der Decke vor ein paar Stunden hinter uns gelassen. Jetzt war das einzige Licht der Strahl der Taschenlampe, die Aaron in der Hand hielt.

„Tun Feen das öfter?", fragte ich. Es erschien mir sicher, allgemeine Fragen über sie zu stellen. „Ziehen sie zwischen verschiedenen Wohnorten umher?"

„Nur wenn sie dort etwas zu tun haben", erwiderte Aaron. „Normalerweise bevorzugen sie einen bestimmten Baum oder Teich, und ihre Magie wird geschwächt, wenn sie länger davon entfernt sind."

„Wenn dieser Berg für die Drachenwandlerinnen von Bedeutung ist, könnte er auch für die Feenwesen wichtig sein", meinte Nate.

Ich dachte an die Erinnerung, in der ich mit meiner Mutter über die Feen gesprochen hatte. „Weißt du irgendetwas darüber, dass die Drachenwandlerinnen und die Feen … zusammenarbeiten oder irgendwie miteinander in Verbindung stehen?"

Aaron runzelte die Stirn. „Bei meinen Nachforschungen über unsere Geschichte bin ich auf nichts gestoßen, was auf eine Zusammenarbeit hindeutet. Aber das heißt nicht, dass es sie nicht gegeben hat. Die Drachinnen haben viel für sich behalten. Warum fragst du?"

„Ach, ich erinnere mich nur, dass meine Mutter etwas darüber gesagt hat. Aber sie schien auch nichts Genaueres zu wissen." Ich war damals noch keine fünf Jahre alt. Wie viel mehr hätte sie mir wohl erzählt, sobald ich die Wahrheit gekannt hätte, wenn ich älter war?

Der Schmerz über diesen Verlust kehrte mit einem dumpfen Schmerz zurück. Ich hatte sie vor sieben Jahren das letzte Mal gesehen, aber nun, da ich ihrer Spur folgte, fühlte es sich an, als sei sie mir gerade erst entglitten.

„Es spielt keine Rolle, was die Drachenwandlerinnen früher einmal getan haben", sagte West düster. „Du solltest dich von ihnen fernhalten."

„Wenn sie regelmäßig auf den Berg kommen, könnte einer von ihnen meine Mutter gesehen haben, als sie hier war", gab ich zu bedenken. „Vielleicht haben sie sogar mit ihr gesprochen."

Er schüttelte den Kopf, ohne meinen Blick zu erwidern. In dem schwachen Licht wirkten seine tiefgrünen Augen noch schattenhafter. „Das spielt keine Rolle. Sie werden uns nichts sagen, es sei denn, sie können sich dadurch einen Vorteil verschaffen, glaub mir. Die einzigen Feenwesen, gegen die ich nichts habe, sind diejenigen, die mindestens hundert Meilen weit weg oder tot sind."

Neben der typischen Bitterkeit schwang ein unwirscher Unterton in seiner Stimme mit. Ich beobachtete ihn aus den Augenwinkeln, als wir weitergingen. Wie es schien, hatte er in der Vergangenheit eine persönliche Begegnung mit den Feenwesen gehabt. Eine Begegnung, die ihm viel Schmerz bereitet hatte. Ich wollte nachhaken, befürchtete jedoch, dass er mir für meine Neugier den Kopf abreißen würde.

Keiner der anderen Alphas widersprach ihm. Selbst wenn sie nicht denselben Hass auf die Feen hegten, fanden sie seine Äußerungen wohl auch nicht ganz unzutreffend.

Ich fröstelte und rieb mir die Arme durch die gepolsterten Ärmel meiner Jacke. Wenn das so war, hoffte ich, dass diese leuchtenden Wesen inzwischen weit weg waren.

„Ich schätze, auf mich wartet eine Menge Arbeit, wenn wir diese Tour hinter uns haben", sagte ich.

Nate ging einen Schritt auf mich zu und nahm meine Hand in seine große. Als er mich anlächelte, kehrte die Erinnerung an das, was wir letzte Nacht im Zelt getan hatten, zurück, und mir wurde sofort wärmer. „Wir werden das mit dir gemeinsam durchstehen."

West gab einen wortlosen verdrießlichen Laut von sich. Mein Temperament flammte auf. Warum musste er bei der geringsten Andeutung, dass ich der Rolle, die ich geerbt hatte, würdig war, so tun, als wäre er beleidigt? Ich war mit ihm zusammen diesen Berg hinaufgewandert. Konnte er nicht ein bisschen nachsichtig mit mir sein?

„Und was genau hast du vor, wenn du die Tradition und jede Hoffnung auf eine funktionierende Gefährtenbindung wegwirfst, Wolfsmann?", fragte ich. „Die Hundewandler vom Rest der Gestaltwandler-Gemeinschaft abspalten? Klingt nicht so, als wäre damit irgendjemandem geholfen."

West richtete seinen durchdringenden Blick auf mich. „Ich glaube nicht, dass du genug über unsere Gemeinschaft weißt, um beurteilen zu können, was hilfreich ist und was nicht. Wenn diese lächerliche Suche vorbei ist, bekomme ich vielleicht zu sehen, was du als Drachenwandlerin wirklich draufhast."

*Vielleicht solltest du mal deine Augen aufmachen, denn ich habe dir schon genug gezeigt.*

Ich schluckte die bissige Erwiderung herunter, die mir

auf der Zunge lag. West wollte mich provozieren. Er wollte, dass ich ihm Gründe lieferte, um mich weiter zu ärgern. Als ob es *meine* Schuld wäre, dass meine Mutter mir nichts über die Gestaltwandler beigebracht hatte. Oder dass die Abtrünnigen meine Väter und Schwestern abgeschlachtet hatten, weswegen wir überhaupt erst fliehen mussten.

Eine weitere Erinnerung, ein Fragment von vor langer, langer Zeit, tauchte auf, so lebendig, dass der Rest der Höhle verschwand. Ich saß auf dem Schoß meiner Mutter, während sie mein Haar bürstete, das nach einer Wanderung mit meinen Schwestern durch den Wald völlig verknotet war. Sie schnalzte mit der Zunge, als sie es schaffte, einen Knoten zu lösen.

„Du hast Glück, dass ich dafür bin, Kinder herumtoben zu lassen. Sonst müssten wir Regeln aufstellen, was das Herunterrollen von Abhängen und Herumklettern in Bäumen betrifft."

Mein vierjähriges Ich sah sie mit großen Augen an. „Das könntest du, oder? Du stellst die Regeln für alle Gestaltwandler auf."

Mom lachte leise. „Nicht ganz. Zumindest nicht ich allein. Eure Väter und ich entscheiden gemeinsam, was das Beste für die Gemeinschaft ist."

„Ganz genau", sagte mein Berglöwenwandler-Vater, der gerade hereinkam. Meine anderen Väter folgten ihm. Sie standen um meine Mutter und mich herum und hüllten uns beide in eine Aura familiärer Liebe ein.

In der Gegenwart blinzelte ich angestrengt gegen die Tränen an, die mir in die Augen geschossen waren. Meine

Kehle war wie zugeschnürt. Die Abtrünnigen hat mir das alles genommen. Ich hatte meine Väter kaum kennengelernt. Was hätten *sie* mir wohl alles beigebracht?

Doch ich wusste, wie sehr sie meine Mutter geliebt hatten. So sollte die Gefährtenbindung zwischen den Alphas und ihrer Drachenwandlerin aussehen.

Ich hob mein Kinn und verdrängte den Schmerz über den Verlust. Wenn West mich wirklich für eine totale Katastrophe halten würde, wäre er nicht mehr hier. Er hätte mich als seine Gefährtin aufgegeben und wäre abgehauen, um sich eine bessere zu suchen. Das musste ich mir immer wieder vor Augen führen.

Der Strahl von Aarons Taschenlampe fiel auf eine klauenförmige Schramme an der Wand vor ihm. Die Schramme war tiefer als die, die Mom davor hinterlassen hatte. Eine Sekunde lang war ich mir nicht sicher, ob sie von ihr oder von etwas anderem stammte, doch sobald ich danebenstand, spürte ich das Kribbeln ihrer Energie auf meiner Haut. Ihre Anwesenheit – und noch etwas anderes, ein noch stärkeres Gefühl. Ich ließ Nates Hand los, um die Kratzer zu berühren, und ein Stich der Verzweiflung durchzuckte meinen Körper.

Ich hielt inne, und meine Finger zuckten in Richtung meiner Handfläche, als würden sie die Bewegung ihrer Krallen nachahmen. Sie war aufgebracht gewesen, als sie diese Kratzspur hinterlassen hatte. Sie hatte Schmerzen oder Angst gehabt. Was war hier mit ihr geschehen? Woher hatte überhaupt jemand gewusst, dass sie hier oben gewesen war? Sie hatte ihre Spuren so gut verwischt …

Nate stellte sich hinter mich. „Was ist los, Ren?"

„Meine Mutter", sagte ich. „Als sie durch diesen Teil der Höhle kam, stimmte etwas nicht. Sie war aufgebracht. Aber ich kann nicht spüren, warum."

„Ich wüsste nicht, wie wir noch vorsichtiger sein könnten, als wir es ohnehin schon sind", sagte Marco. „Was auch immer uns bevorsteht, wir werden damit fertig, Prinzessin. Sie hätte nicht allein herkommen sollen."

Nein, das hätte sie nicht tun sollen. Ich biss mir auf die Lippe, zwang mich jedoch, weiterzugehen. Je eher wir das Ende dieses Weges erreichten, desto eher würde ich wissen, was mit ihr geschehen war. Zumindest hoffte ich das. Wenn am Ende nur ein weiterer Hinweis wartete, dem ich nachgehen sollte, könnte mein Drachenfeuer vor Frust aus mir herausbrechen.

Es könnte jedoch sein, dass wir das Ende schneller erreichten, als ich vermutet hatte. Der Strahl der Taschenlampe fiel auf eine Biegung. Dahinter war der Sog in mir so stark wie nie zuvor. Ich stolperte und mir stockte der Atem. Kaum hatte ich das Gleichgewicht wiedergefunden, liefen meine Füße wie von selbst über den unebenen Boden. Ich wusste, dass ich anhalten könnte, wenn ich wollte – doch ich wollte nicht.

„Wir sind fast da. Wir müssen jetzt ganz nah dran sein", sagte ich.

Auch die Jungs beschleunigten ihr Tempo. Über uns blitzte Licht auf. Ich blickte nach oben, da ich dachte, wir würden uns unter einem weiteren Spalt zur Außenwelt befinden. Stattdessen sah ich kristalline Stalaktiten, die über uns glitzerten und das künstliche Licht reflektierten. Eine schwache Vibration ging von ihnen aus und ließ mich erzittern. Dadurch fühlte ich mich noch energiegeladener.

Wir waren fast da.

Ich straffte die Riemen meines Rucksacks auf den Schultern und lief noch schneller. Der Sog zog mich an wie ein Fisch an der Angel, doch ich hatte nichts dagegen. Ich wollte endlich ans Ziel kommen.

Es war also meine Schuld, dass ich in diesem Moment unsere Prozession anführte. Meine Schuld, dass es meine Füße waren, unter denen der Boden zitterte. Ich wurde langsamer, als ein unheimliches knackendes Geräusch durch die Höhle hallte. Der Felsen unter meinen Füßen fühlte sich plötzlich instabil an, als hätte ich die dünne Eisschicht auf einem gefrorenen See betreten.

Und dann knackte es unter mir, genau wie das Eis, das ich mir gerade vorgestellt hatte.

Der Boden zerbrach und begann wegzubrechen. Meine Gestaltwandler-Reflexe setzten keine Sekunde zu früh ein. Ich warf mich nach vorne.

Das Knacken steigerte sich zu einem ausgewachsenen Ächzen, das in der Höhle widerhallte. Der Rucksack zerrte an meinen Schultern. Jedes Mal, wenn meine Füße den Boden berührten, bröckelte der Fels weiter. Ich rannte weiter. Es blieb mir nichts anderes übrig, als weiterzulaufen und zu hoffen, dass ich eine feste Stelle fand, bevor ich fiel.

Mein Fuß rutschte ab, und ich wäre fast auf die Knie gefallen. Mit einem Aufschrei sprang ich ab, so weit ich konnte. Ich stolperte, fand mein Gleichgewicht wieder – und merkte, dass der Boden unter meinen Füßen fest war.

„Ren!", rief jemand hinter mir, und ein anderer sagte:

„Es geht ihr gut, lasst sie sich erstmal erholen." Vorsichtig drehte ich mich um, da ich dem Stein unter mir noch nicht ganz traute, und mir klappte der Mund auf.

Zwischen mir und meinen Alphas befand sich ein etwa drei Meter breiter Abgrund, wo der Höhlenboden weggebrochen war. Ich stand nur ein paar Meter von der Kante entfernt.

Langsam trat ich einen Schritt vor, um in die Tiefe zu schauen. Dort unten war nichts als Dunkelheit zu sehen. Der Abgrund war so tief, dass ich nicht einmal das Klappern des bröckelnden Gesteins auf dem Grund gehört hatte.

Fast wäre ich dort unten gelandet. Mein Magen verkrampfte sich. Wenn ich nur etwas langsamer reagiert hätte …

„Geht's dir gut, Ren?", rief Nate mir zu.

Ich nickte, immer noch sprachlos.

Marco stieß ein genervtes Glucksen aus. „Als ob diese Wanderung nicht auch so schon aufregend genug gewesen wäre. Na gut, ich werde nicht *mit* dem Gepäck springen. Gut, dass wir nichts Zerbrechliches dabeihaben."

Er nahm seinen Rucksack ab und warf ihn über den Abgrund. Mit einem dumpfen Aufprall landete er auf der anderen Seite. Die anderen Jungs folgten seinem Beispiel. Ich dachte, sie würden sich ausziehen, um den Sprung in ihrer Tiergestalt zu wagen – insgeheim hatte ich mich bereits auf diesen Anblick gefreut – doch wahrscheinlich stellte der Sprung dank der Stärke der Gestaltwandler auch in menschlichen Körpern keine allzu große Herausforderung dar. Jeweils zu zweit nahmen sie Anlauf und sprangen über die Schlucht.

Nates muskulöser Körper schlug mit einem dumpfen Aufprall neben mir auf dem Boden auf, und ein letztes Ächzen drang durch die Höhle. Die Härchen in meinem Nacken stellten sich auf. Ich inspizierte den Rand des Abgrunds im schummrigen Licht, während die Jungs sich den Staub abklopften.

„Wie ist das überhaupt passiert?", fragte ich. „Das ergibt keinen Sinn. So eine große Schlucht kann doch nicht einfach so im Felsboden *auftauchen*. Es ist fast so, als wäre es …"

„Eine Falle?", mischte sich West ein. „Hast du wirklich so lange gebraucht, um darauf zu kommen, Flamme?"

Ich funkelte ihn an, aber Aaron meldete sich zu Wort, bevor ich etwas erwidern konnte. „Das war definitiv Absicht. Du hast doch gesagt, du hättest gespürt, dass wir fast da sind, Serenity. An einem Ort, der irgendeine bedeutende Macht birgt. Möglicherweise ist dieser Ort durch Magie geschützt und mit der ‚Falle' soll deine Würdigkeit oder Entschlossenheit getestet werden."

„Oder möglicherweise sind einige unserer magischen ‚Freunde' nicht besonders erfreut darüber, dass wir nicht an ihrem Gift gestorben sind", meldete sich Marco zu Wort. „Auch wenn ich es nur ungern zugebe, aber langsam glaube ich, dass der Wolfsjunge recht hat."

„Kann man irgendwie feststellen, welche Art von Magie verwendet wurde?", fragte ich.

Aaron schüttelte den Kopf. „Vielleicht war die Gesteinsschicht so verzaubert, dass sie die Schlucht bedeckt." Er blickte mich an. „Aber wir haben es geschafft. Du hast einen kühlen Kopf bewahrt und dich selbst gerettet. Was für eine Macht deine Mutter dir geben wollte, niemand wird dich daran hindern, sie dir zu holen, oder?"

„Nein", erwiderte ich mit einem neuen Anflug von Entschlossenheit. „Also lasst uns weitergehen, bevor wir uns noch mit etwas Schlimmerem herumschlagen müssen."

# 9

*Nate*

Als ich meinen schweren Rucksack wieder auf meine Schulter hievte, nachdem ich ihn über den Abgrund geworfen hatte, schoss ein Schmerz durch meine Brust bis hinunter zu meinem Bauch. Ich biss die Zähne zusammen und versuchte, mir nichts anmerken zu lassen.

Obwohl ich mich gestern geschont hatte, und wir anschließend nur langsam gelaufen waren, war das Gift noch in meinem Körper. Es schwächte mich weiterhin und das hasste ich. Vielleicht hätten wir es schon gestern ans Ende der Höhle geschafft, wenn wir in unserem üblichen Tempo vorangekommen wäre. Verdammt, wenn ich bemerkt hätte, dass die Brötchen komisch riechen, als ich das erste herausgenommen habe, hätte ich Marco auch davon abhalten können, sie zu essen.

Ich war nachlässig gewesen, und jetzt musste mein Freund deswegen leiden.

Ren schien das Ganze allerdings gut zu verkraften. Sie

schnallte sich ihren Rucksack auf den Rücken und lächelte mich an, als sie bemerkte, dass ich sie ansah. Trotz des Schmerzes und der Schuldgefühle in meinem Bauch wurde mir dabei sofort warm. Ich dachte an letzte Nacht zurück. Daran, wie es gewesen war, ihre Hände auf meinem Körper zu spüren, an ihr leises lustvolles Stöhnen, den süßen Geschmack ihrer Haut …

Okay, diese Gedanken würden ihr nicht helfen. Irgendjemand wollte unsere Reise hierher sabotieren – uns umbringen. Sie hatten uns buchstäblich den Boden unter den Füßen weggezogen. Ich musste mich auf die Gegenwart konzentrieren, darauf, Ren gegen unsere Feinde zu verteidigen. Wie könnte ich unserer Gefährtenbindung würdig sein, wenn ich das nicht täte?

Wenn ich diese vielen Jahre gewartet hätte, nur um sie jetzt zu verlieren … Ich konnte diesen Gedanken nicht ertragen. Dabei wurde mir noch übler als von dem Gift.

Marco warf einen letzten Blick in die Schlucht, bevor er zu mir kam. „Ich schlage vor, wir schicken den Bärenjungen voraus", sagte er in seinem nervtötend heiteren Ton. „Wenn der Boden dieses Schwergewicht aushält, müssen wir anderen uns keine Sorgen machen."

West schnaubte. Ich warf Marco einen bösen Blick zu. „Ich übernehme gerne die Führung, wenn du ein Angsthase bist."

„Oh", sagte er und grinste. „Der Bär ist aufgebracht. Nicht schlecht, Nate."

Ren verdrehte die Augen. „Kommt schon, Leute. *Ich* übernehme die Führung, wenn ihr nur hier rumsteht und diskutiert."

Sie machte Anstalten, loszugehen, und ich ging vor ihr

her. Die ersten paar Schritte nahm ich nicht viel wahr, außer dem Bedürfnis, mich zu behaupten, und Marcos spöttischem Kichern. Dann stieg mir ein schwacher Geruch in die Nase, der nicht zu dem kalten Felsen um uns herum passte.

Ich blieb stehen und streckte meinen Arm aus. „Bleibt zurück. Hier stimmt irgendwas nicht.“

West trat neben mich, als ich erneut einatmete. Als Wolfswandler hatte er die feinste Nase von uns allen, doch, wenn ich mich konzentrierte, konnte ich mithalten. Ein schwacher Moschusgeruch lag in der Luft – der Geruch von etwas Lebendigem. Etwas Tierischem.

Wir hatten allerdings kein einziges Tier gesehen, seit wir in diese Höhle hinabgestiegen waren, abgesehen von dem Wiesel, um das sich die Feen gekümmert hatten.

„Du hast recht“, sagte West stirnrunzelnd. Er pirschte sich ein Stück weiter vor und ließ seinen Blick durch die Höhle schweifen. Da ich nicht zurückbleiben wollte, folgte ich ihm und schnüffelte ebenfalls. Wenn überhaupt, dann wurde der Geruch schwächer. Ich drehte mich um und ging in die Richtung, aus der wir gekommen waren. Ren beobachtete mich, ihre Stirn war besorgt gerunzelt. Mein Magen verkrampfte sich, als ich ihre sorgenvolle Miene sah.

„Seltsam“, sagte ich. „Hier ist der Geruch am stärksten. Welches Tier auch immer diesen Geruch hinterlassen hat, es muss sich hier eine Zeit lang aufgehalten haben. Aber wo ist es dann hin? Wir haben auf unserem Weg hierher kein Tier gesehen.“

„In dieser Richtung kann ich nichts wittern“, bemerkte West an der Stelle, an der ich ihn verlassen hatte.

„Der Geruch ist so schwach, dass ich ihn nicht klar erkennen kann. Vielleicht ist er schon älter."

Er klang skeptisch, wahrscheinlich weil es für ihn genauso wenig abgestanden roch wie für mich. Der schwache Geruch war eher so, als hätte jemand versucht, ihn zu überdecken oder abzuwaschen. Was wiederum bedeuten würde, dass jemand versucht hatte, seinen Geruch absichtlich zu verbergen, um nicht von uns bemerkt zu werden. Meine Schultern spannten sich an. Verdächtiger konnte man sich nicht verhalten.

„Könnt ihr erkennen, was für ein Tier es war?", fragte Aaron.

Ich schüttelte den Kopf. Das spielte keine Rolle. Wenn selbst ein kleines Wiesel eine Bedrohung darstellen konnte, konnten wir uns auf nichts verlassen.

„Wir sollten dicht zusammenbleiben", sagte ich und winkte die anderen Alphas heran. „Wir sollten Ren in unsere Mitte nehmen. Wenn die Abtrünnigen einen weiteren Überfall planen, müssen wir bereit sein."

„Ich brauche kein menschliches Schutzschild", protestierte Ren. „Warum können wir nicht einfach–".

In diesem Moment schoss ein knurrender Fellwirbel von der Wand über ihr durch die Luft. Ein warnender Aufschrei drang aus meiner Kehle, bevor ich vor meine Gefährtin sprang, sie nach hinten stieß und mich darauf vorbereitete, mich zu verwandeln, um der Bedrohung entgegenzutreten.

*Ren*

. . .

Nates kräftiger Stoß ließ mich gegen die Wand stolpern. Ich biss die Zähne zusammen und spürte, wie meine Drachin erwachte und mit ihren Krallen an meiner Brust kratzte. *Niemand* hatte das Recht, mich so herumzuschubsen, nicht einmal meine Gefährten.

Was zum Teufel war überhaupt los? Die Taschenlampe war nach dem Knurren, das ich gehört hatte, heruntergefallen. Sie drehte sich auf dem Boden und ihr Licht kreiste in der Höhle umher. Der Strahl traf auf Nate, der sich bereits in seine Grizzlybärengestalt verwandelt hatte und hinter einer gefleckten Wildkatze her war, die aus dem Nichts aufgetaucht war. Sie wand sich immer wieder unter seinen Pfoten hindurch. Aarons Adler stürzte aus der Luft herab, um sich mit seinen Klauen an dem Kampf zu beteiligen.

Gegenüber von ihnen kämpften Wests Wolf und Marcos Jaguar mit einer großen, schwarzen, wieselartigen Kreatur, die ich vage als marderähnliches Raubtier einschätzte. Das Tier fauchte und schnappte mit rasiermesserscharfen Reißzähnen nach ihnen.

Nate verpasste der Wildkatze einen Schlag, als sie sich an ihm festkrallte, woraufhin sie über den Rand der Schlucht geschleudert wurde. Das Letzte, was ich hörte, war ein Katzenschrei, als sie in die Tiefe stürzte.

Ein lautes Schnaufen hinter mir ließ mich herumwirbeln. Keine Sekunde zu früh. Ein Kojote stürzte sich auf mich und schnappte mit seinen scharfen Zähnen nach meiner Kehle. Ich konnte gerade noch ausweichen, bevor er ein Stück von mir abbeißen konnte.

Die Pranken des Kojoten schrammten über meinen Arm und Blut durchtränkte den Ärmel meiner Jacke. Als er wieder auf allen vieren landete, wirbelte er mit gefletschten Zähnen herum. Die Wut in mir flammte immer stärker auf, und das nicht nur meinetwegen. Damals im Gestaltwandler-Dorf hatten zwei Kojoten Kylie angegriffen und übel zugerichtet, während ihr Anführer auf mich losgegangen war. Ich hatte nicht den geringsten Zweifel, dass dieses Arschloch einer von ihnen war.

Ich umklammerte die feurige Wut und setzte sie dann frei. Mein Körper brach aus meiner Kleidung hervor, als ich mich in meine Drachin verwandelte.

Der Kojote wich mit einem erschrockenen Winseln zurück, als ich mich über ihm erhob. Feuer loderte in meiner Kehle. Ich öffnete mein Maul, um den mordlustigen Angreifer ins Jenseits zu befördern—.

In diesem Moment warf sich Nate allerdings plötzlich zwischen mich und den Kojoten. Der Grizzly war nur halb so groß wie meine Drachin, verdeckte jedoch mein Ziel komplett.

Ich schwang meinen muskulösen Hals herum, fest entschlossen, nach meinem Angreifer zu schnappen. Doch Nate knurrte und griff den Kojoten zuerst an. Sie wälzten sich, bissen einander und schlugen um sich. Ich biss die Zähne zusammen, da ich wusste, dass ich kein Feuer spucken konnte, ohne meinen Bären-Alpha ebenfalls zu rösten.

Verdammt noch mal. Warum hatte er mich nicht einfach allein mit ihm fertig werden lassen können?

Ich drehte mich um, um nach den anderen Jungs zu

sehen, wobei meine geschuppten Schultern gegen die Höhlenwand stießen. Hier drin hatte ich kaum Bewegungsspielraum.

Der Marder war gerade dabei, sich zwischen West und Marco zu drängen. Marco schnitt ihm in letzter Sekunde den Weg ab, schlug ihm mit beiden Pfoten in die Augen und schleuderte ihn zur Seite. West wich zähnefletschend aus.

Aaron stürzte herab und schlang seine Klauen bedrohlich um den Hals des Marders. Wahrscheinlich wollte er ihn festhalten, in der Hoffnung, ihn befragen zu können, wenn er sich in seine menschliche Gestalt zurückverwandelte. Doch der Marder war nicht bereit, sich dem zu stellen.

Mit einem Grunzen riss er den Kopf hoch, sodass die Krallen des Adlers seinen Hals durchbohrten. Blut strömte heraus und sein behaarter Körper sackte in sich zusammen. Aaron stieß einen Schrei aus und flatterte davon.

Nate versetzte dem Kojoten einen kräftigen Schlag mit seiner dicken Pfote. Das wendige Tier zitterte und krabbelte davon. Sofort stürzte ich mich auf ihn, Rauchschwaden waberten aus meinem Maul.

Mein Blick traf auf den des Kojoten. Eine vollkommen menschliche Panik blitzte in seinen Augen auf. Ich zögerte und überlegte, ob es eine Möglichkeit gab, ihn zu überwältigen, ohne ihn umzubringen. Doch, noch bevor mir etwas einfiel, stürzte sich der Kojote seinem Kameraden hinterher in den Abgrund.

Ich starrte in die Schlucht hinab, heißer Atem rasselte in meiner Kehle. Meine Drachengestalt wankte und ich verwandelte mich zurück in meinen menschlichen Körper.

Als die kalte Luft mich wieder einhüllte, kribbelte meine Haut schmerzhaft. Ich griff nach meiner Jacke, dem einzigen Kleidungsstück, das ich rasch ausgezogen hatte, bevor ich mich verwandelt hatte. Meine übrigen Klamotten waren zerfetzt. Ich zog die Jacke enger um meinen Körper und zuckte zusammen, als sie über die Kratzer an meinem Arm strich. Mein Gestaltwandler-Körper würde sie schnell heilen, doch es würde trotzdem etwas dauern.

Auch die Jungs verwandelten sich zurück. Mein Blick fiel auf ein Mal auf Wests schlanker, muskulöser Brust, das wie eine Narbe aussah und leicht rötlich schimmerte. Dann wanderte mein Blick zu dem schlaffen Körper eines Mannes mittleren Alters mit einem struppigen Bart, der an der Stelle lag, wo der Marder gestorben war. Um seinen Kopf und seine Schultern herum sammelte sich Blut.

Marco stieß mit seinem Fuß gegen das Bein der Leiche und zog eine Grimasse. „So viel zum Thema Antworten aus diesen Arschlöchern herausholen."

Ich musste wieder an den Kojoten denken, der sich in den Tod gestürzt hatte. Mein Magen verkrampfte sich. „Sie sind lieber gestorben, als gefangen genommen zu werden. Die Abtrünnigen stehen wirklich felsenfest hinter ihrer Sache, oder?" Ihre Sache, die darin bestand, mich und alle anderen Drachenwandlerinnen, die möglicherweise noch übrig waren, zu vernichten.

Ein weiterer Gedanke erfüllte mich mit Entsetzen. „Das heißt, sie müssen irgendetwas beschützen, oder? Es muss da draußen noch mehr Abtrünnige geben, die irgendwas aushecken. Warum sonst hätten sie den Tod einer Befragung vorgezogen?"

„Vielleicht haben sie sich zu sehr für das geschämt, worauf sie sich eingelassen haben, um die Konsequenzen zu tragen", sagte Aaron. „Aber wahrscheinlich hast du recht. Wir können nicht davon ausgehen, dass die Bedrohung durch die Abtrünnigen gebannt ist." Er blickte sich um. „Ich hoffe, das war das Letzte, was wir auf diesem Berg von ihnen gesehen haben."

„Nicht viele von ihnen haben den Hinterhalt überlebt", meinte West, der sein Hemd über die seltsame Narbe zog, die mir aufgefallen war. „Was mich interessiert, ist, *woher* sie so plötzlich gekommen sind. Es sah aus, als wären sie von der Decke gefallen."

Ich ging auf die Wand zu und blickte daran hoch. Aaron hob die Taschenlampe vom Boden auf und richtete sie auf die Stelle, die ich betrachtete. Direkt unter der Decke schnitt ein Stück dunkleren Schattens in den Felsen.

„Da oben ist ein Vorsprung", sagte ich. „Irgendwie sind sie da hochgekommen und haben einen letzten Überfall ausgeheckt." Ich schätzte, wir hatten Glück, dass ich bei ihrem ersten Angriff alle Waffen dieser Gruppe geschmolzen hatte.

„*Irgendwie*", wiederholte West. „Ich frage mich, wie genau. Vielleicht auf dieselbe Weise, wie sie die Falle im Boden geschaffen haben?"

„Das *Wie* spielt jetzt keine Rolle", entgegnete Nate entschieden. „Was zählt, ist, dass wir diese Macht finden, zu der uns Rens Mutter geführt hat, und dass wir Ren von hier wegbringen, bevor noch jemand Jagd auf uns macht."

Mit hoch erhobenem Kopf schritt er auf mich zu, als würde er sich als eine Art Ritter in glänzender Rüstung sehen. Die Wut, die ich vorhin gespürt hatte, flackerte wieder auf.

„Wir *alle* sollten von hier verschwinden", betonte ich. „Ich brauche keine Sonderbehandlung. Und du musst mich nicht wie einen Schwächling behandeln."

Nate blinzelte. „Wovon redest du?"

Ich winkte mit der Hand in Richtung des Abgrunds. „Vor ein paar Minuten warst du so damit beschäftigt, mich zu ‚beschützen', dass du mir im Weg standest, als ich den Kojoten grillen wollte."

Seine Miene wurde angespannt. „Als deine Gefährten ist es unsere Aufgabe–".

„Nein", unterbrach ich ihn. In diesem Punkt gab es keine Diskussion. Entweder er akzeptierte meinen Standpunkt oder eben nicht. „Soweit ich weiß, ist es eure Aufgabe, mir zur Seite zu stehen. Und nicht, euch mir in den Weg zu stellen, als ob ich ein Schwächling wäre, der beschützt werden muss. Ich kann mich jetzt verwandeln. Ich kann mich in einen verdammten Drachen verwandeln." Ich deutete auf die Bisswunde an seinem Arm. „Wenn du dich nicht eingemischt hättest, wärst du nicht verletzt worden. Ich hätte das *besser* hinbekommen, als du es getan hast."

Die Steifheit wich aus Nates Gesicht und hinterließ eine fassungslose Leere. „Ren", fing er an und seine Stimme wurde leiser. „Ich wollte nicht – natürlich weiß ich, wie stark du bist."

Meine Wut flaute ab. Ich wusste, dass er mich nicht beleidigen hatte wollen. „Okay", sagte ich. „Dann behandle mich so, als ob du es wüsstest. Ich bin keine Porzellanpuppe. Du kannst mir ruhig beistehen, aber lass mich auch dich unterstützen. So soll es doch sein, oder?"

Er legte den Kopf schief und eine leichte Schamesröte färbte seine Wangen. Marco räusperte sich. „Wenn die Standpauke beendet ist, so verdient sie auch sein mag, können wir dann weiterziehen? Mir gefällt diese Wanderung mit jeder neuen Entwicklung immer weniger."

„Wem sagst du das." Als ich mich dem Gang vor mir zuwandte, bemerkte ich einen Schimmer, der kurz darauf jedoch wieder verschwand. Mein Herz machte einen Sprung. „Ich glaube, wir sind fast da."

# 10

Obwohl ich am liebsten durch die Höhle auf den Schimmer zugestürmt wäre, hielt ich mich diesmal zurück. Ich wollte nicht unbedacht in eine weitere Falle marschieren. Doch das Ziehen in meiner Brust und das schimmernde Licht riefen nach mir und trieben mich an, schneller zu laufen.

Das Licht wurde heller, als wir näherkamen, der Schein wurde jedoch nicht größer. Und bald begriff ich, warum. Der Gang vor uns verengte sich zu einem Spalt, der so schmal war, dass Nate seitwärts gehen musste, um sich hindurchzuzwängen. Das Licht kam von der anderen Seite.

Als ich durch die Öffnung trat, war das Licht so hell, dass ich nur noch Weiß sah. Anstatt in meinen Augen zu brennen, spürte ich jedoch nur ein leichtes Kribbeln.

Ich blinzelte und stellte fest, dass ich mich in einem großen, runden Raum befand, dessen Steinwände und

Boden völlig glatt waren. In der Mitte des Raumes stand ein Podest. Ein durchsichtiger Kristall, fast so groß wie mein Kopf, thronte auf einem Felsensockel. Licht und eine schwache Wärme gingen von dem Inneren des Kristalls aus. Der Schimmer tanzte wie eine Flamme.

Das Ziehen in mir war verschwunden, also war das hier wohl das Ziel. Das war der Ort, an dem ich sein sollte.

Ich machte ein paar vorsichtige Schritte vorwärts. In den Sockel waren Formen eingemeißelt. Ich bückte mich, um sie zu betrachten, und hielt ehrfürchtig den Atem an.

Die Gravuren zeigten die Umrisse von Drachen und anderen Gestalten, die fast wie Menschen aussahen. Allerdings nicht ganz. Sie waren ein wenig größer und schlanker. Wie die Feenfrau, der wir unten in den Höhlen begegnet waren, oder der Feenmann, mit dem ich meine Mutter hatte reden sehen.

Die Drachinnen und die Feenwesen standen Seite an Seite, manchmal berührten sie sich, manchmal standen sie sich gegenüber. Auf einer Darstellung saß eine Feengestalt rittlings auf dem Rücken einer Drachin. Die Gesichter waren nicht detailliert dargestellt, aber alle Bilder vermittelten mir ein positives Gefühl.

Ich strich mit den Fingern über die feinen Rillen in dem Stein. „Die Drachenwandlerinnen und die Feen müssen das hier gemeinsam geschaffen haben", sagte ich. „Und zwar vor langer Zeit, wenn in den Aufzeichnungen nichts darüber steht, dass sie miteinander zu tun hatten."

Aaron nickte und stellte sich hinter mich. Als ich um den Sockel herumging, um ihm Platz zu machen, sah ich, dass auf der anderen Seite nicht nur Bilder, sondern auch Worte eingemeißelt waren.

*Eine Macht, geschaffen von Feen und Drachen, um klare Erkenntnis zu verleihen, in einer Zeit, in der keine andere Macht die Welt in Ordnung bringen kann.*

Ich erschauderte, als ich die Worte las. Die Bilder darüber zeigten eine Gestalt, die den Kristall anhob und dann auf den Boden warf. In der letzten Gravur schoss eine gezackte Flamme daraus hervor und hüllte die Gestalt ein.

War es das, was ich tun musste? Den Kristall *zertrümmern*? Ich wusste nicht einmal genau, was das für eine Kraft *war*. Und der Gedanke, den schimmernden Kristall auch nur zu berühren, machte mich nervös.

Er war hier schon seit Jahrhunderten. War er wirklich für *mich* bestimmt?

Meine Mutter hatte das gedacht. Sie hatte es fast bis hierhergeschafft. Den Worten, in ihrer Vision nach zu urteilen, hatte sie vorgehabt, den Kristall mitzunehmen, um mir seine Macht zu verleihen. Auf ihren Trips hatte sie wahrscheinlich nach der Gestaltwandler-Gemeinschaft gesehen. Nachgesehen, wie sie ohne uns zurechtkamen. Und was sie gesehen hatte, das Durcheinander, von dem mir die Alphas erzählt hatten, hatte sie dazu bewegt, hierher zu kommen und eine verzweifelte Maßnahme zu ergreifen.

Vielleicht mussten wir uns in einer Zeit, in der alle übernatürlichen Gemeinschaften in Konflikt miteinander standen, in der es abtrünnigen Gestaltwandlern gelungen war, die Drachinnen fast auszulöschen, etwas Größerem zuwenden.

Es spielte keine Rolle, worauf ich mich einließ. Wir waren schon so weit gekommen. Ich musste diesen letzten Schritt tun, oder die ganze Reise wäre umsonst gewesen.

West schlich wachsam durch den Raum, sagte jedoch nichts. Marco trat neben mich, um die Worte selbst zu lesen. Nate blieb an der Tür stehen, als würde er Wache halten – und möglicherweise auch, um nach meinem Ausbruch ein wenig Abstand von mir zu halten. Ich bereute nichts von dem, was ich gesagt hatte, aber ich konnte seine Unzufriedenheit von der anderen Seite des Raumes aus spüren. Und das schmerzte.

Sobald ich das hinter mich gebracht hatte, konnten wir weitermachen. Und niemand würde mehr auf die Idee kommen, ich sei nicht stark genug, um mich zu behaupten.

Ich spürte, dass die Augen aller Alphas auf mich gerichtet waren, als ich den Kristall vom Sockel hob. Die geschliffene Oberfläche glänzte und war hart wie Glas, aber wärmer als die Luft. Ich gab dem Drang nach, ihn an meine Brust zu drücken. Die flackernde Hitze leckte über meine Haut, lockte mich. Wollte in mich eindringen.

Mein Herz pochte. Ich hob den Kristall auf die Höhe meiner Stirn. Das Licht im Inneren leuchtete in allen Regenbogenfarben. Meine Brust verkrampfte sich. Ich straffte mich und schmetterte den Kristall auf den Steinboden, wo er zerschellte.

Licht flammte über mir auf und eine noch intensivere Hitze hüllte mich ein. Eine sengende Energie durchströmte meine Haut und drang in meine Knochen ein. Mein Puls stotterte, und mein Mund wurde trocken. Verdammt, das war heftig.

Die Energie flammte direkt über meinen Augen auf und strömte von innen nach außen. Der Raum um mich herum verschwamm zu einem schimmernden Dunst, in dem allmählich eine Silhouette Gestalt annahm.

„Sei gegrüßt, Erhabene", sagte sie, während sich die pulsierende Energie immer enger um mich wickelte. „Die Flamme der Wahrheit ist dein. Nutze sie, um zu zerstören, oder verbrenne die Lügen, um die Wahrheit zu erlangen: Die Entscheidung liegt bei dir. Jetzt geh!"

Die Silhouette verschwand im Licht. Die Energie zog sich mit einem Ruck in mir zusammen und brannte in meiner Brust. Statt eines Schmerzes spürte ich jedoch nur Kribbeln.

Meine verschwommene Sicht begann wieder schärfer zu werden, doch ich konnte die Jungs nicht sehen. Im dahinschwindenden Licht erschien eine weitere Vision.

Meine Mutter schritt in den Raum. Mein Herz machte einen Sprung, bis ich bemerkte, dass sie genauso aussah wie in meiner anderen Vision von vor sieben Jahren. Die gleiche Kleidung, das gleiche Alter. Dies war die Vergangenheit, nicht die Gegenwart.

Ihr Haar war zerzaust und ihre Wangen fleckig, aber ihre Augen leuchteten entschlossen. Ihr Blick ruhte auf dem Kristall.

„Da", flüsterte sie, als wollte sie die Stille nicht stören. Sie schritt auf den Sockel zu – sie ging genau auf die Stelle, an der ich jetzt stand. Ich schluckte schwer und widerstand dem Drang, meine Hand nach ihr auszustrecken.

Sie konnte mich nicht sehen. Das alles war bereits geschehen. Trotzdem schien sie so nah zu sein.

Meine Mutter streckte ihre Hände nach dem Kristall aus. Kurz bevor sie ihn mit ihren Händen umschließen konnte, wirbelte etwas um ihren Kopf herum. Ich hatte nichts gehört, aber die Vision schien keinen Ton zu enthalten. Ich hörte nur das Rauschen der Energie, die hinter meinen Ohren pulsierte.

Auf einmal strömte eine Schar weiterer Gestalten in den Raum. Sie schienen direkt aus den Wänden zu kommen. Mindestens ein Dutzend schlanker, leuchtender Feen. Einer von ihnen stürzte zwischen Mom und den Sockel. Er stieß sie mit einem magischen Funken nach hinten. Seine Lippen bewegten sich, aber ich konnte die Worte nicht ausmachen.

Meine Mutter erwiderte etwas – etwas Wütendes, dem Blitzen in ihren Augen nach zu urteilen. Ein anderer Feenmann schüttelte den Kopf. Dann trat eine Feenfrau vor und streckte ihren Arm in Richtung Tür aus.

Der Kiefer meiner Mutter spannte sich an. Ich spürte, wie sie sich zu verwandeln begann, noch bevor ihr Körper auch nur ansatzweise zuckte. Die Feen schienen es ebenfalls zu spüren, denn mehrere von ihnen feuerten gleichzeitig gleißend helle Magieblitze auf sie ab.

Funken stoben, als die Blitze meine Mutter trafen. Sie taumelte und hielt in ihrem Versuch, sich zu verwandeln, inne. Die Arme abwehrend in die Luft gehoben wirbelte sie herum, doch die Feen schleuderten ihr weitere Magieblitze entgegen. Die Blitze prallten gegen den Körper meiner Mutter und zwangen sie in die Knie.

Ein Schrei blieb mir im Halse stecken. Mir juckte es in den Füßen, zu ihr zu laufen, als ob ich ihr helfen könnte.

Ich versuchte, mich zu bewegen, doch meine Füße waren wie am Boden festgeklebt. Ich konnte nichts anderes tun, als dazustehen und zuzusehen, wie sich dieses Kapitel der Geschichte vor mir abspielte.

Meine Mom war noch nicht besiegt. Sie rappelte sich auf und stürzte sich auf eine der Feen. Ihr Gesicht begann sich zu verwandeln, Schuppen bedeckten ihre Haut und ein Strahl Drachenfeuer schoss aus ihrem Mund.

Die Feenfrau zuckte zusammen, doch es waren zu viele. Bevor meine Mutter sich vollständig verwandeln konnte, wurde sie von einem weiteren knisternden Magieblitz erfasst.

Wieder fiel sie zu Boden, dieses Mal auf die Seite. Ihre Brust bebte, als sie versuchte zu atmen. Ihre Lippen formten Worte, die ich nicht hören konnte. Dann ging der Feenmann, der ihr den Weg zum Sockel versperrt hatte, auf sie zu. Er klatschte in die Hände und schleuderte eine Spitze aus schimmernder Energie direkt auf Moms Kopf.

Sie brach zusammen und sackte zu Boden. Ich verschluckte mich an einem Schluchzer. Die Feen tauschten Blicke aus, ein entschlossener Ausdruck lag in ihren Gesichtern. Einer nach dem anderen hob die Hände über Moms Gestalt. Ein Lichtstrahl, dann noch einer, dann noch einer, ergossen sich über sie.

Der Umriss ihres Körpers schimmerte, bevor er sich langsam aufzulösen begann. Mir drehte sich der Magen um. Ich konnte nicht länger stillstehen. Es spielte keine Rolle, dass dieser schreckliche Moment bereits vorbei war. Seit sieben Jahren. Ich *musste* sie aufhalten.

Die Muskeln in meinen Beinen spannten sich an, um meine Füße vom Boden zu lösen, und zu ihr zu rennen, aber meine Gelenke blockierten. Ein Schraubstock schien sich um meine Lunge zu legen.

*Du musst zusehen*, hallte eine leise Stimme durch meinen Kopf. *Sieh zu und werde Zeuge.*

Also tat ich es. Ich sah zu, meine Augen wurden zunehmend heißer, als die Magie der Feen den Körper meiner Mutter auffraß. Ich sehnte mich danach, wegzusehen, diese langsame Zerstörung nicht mit anschauen zu müssen, doch gleichzeitig fühlte es sich an, als sei es meine Pflicht, es mir anzusehen. Zu erfahren, was aus meiner Mutter geworden war – und wer ihr das angetan hatte.

Als ihr Körper verschwunden war, traten die Feen zurück. Der Mann, wahrscheinlich ihr Anführer, verzog grimmig den Mund, rieb sich jedoch die Hände, als wäre dies eine Arbeit wie jede andere gewesen. Dann verschwanden sie wieder in den Wänden.

Die Vision löste sich auf. Der Raum wurde wieder scharf. Meine Beine zitterten, und ich klammerte mich an dem Sockel fest, um nicht umzukippen.

Marco und Aaron, die immer noch neben mir standen, erfassten je eine meiner Schultern. Ihre Anwesenheit beruhigte mich, aber meine Augen waren voller Tränen. Schwerfällig atmete ich ein.

„Was ist passiert?", fragte Nate und trat vom Türrahmen weg. „Du hast für ein paar Minuten ausgesehen, als wärst du in einer anderen Welt."

„Ich habe gesehen, was hier vor sieben Jahren passiert

ist“, antwortete ich. Meine Stimme klang heiser. Ich räusperte mich und zwang mich, weiterzusprechen. „Sie haben sie umgebracht. Die Feen haben meine Mutter getötet.“

ist“, antwortete ich. Meine Stimme klang heiser. Ich räusperte mich und zwang mich, weiterzusprechen. „Sie haben sie umgebracht. Die Feen haben meine Mutter getötet.“

# 11

Aarons Augen weiteten sich bei meiner Erklärung. Marco drückte meine Schulter fester, doch ich wollte im Moment keinen Trost. Ich wollte Antworten.

Ich riss mich von ihm los und schritt zur Wand. Zu einer der Wände, aus denen die Feen in meiner Vision aufgetaucht waren. Ich wischte mir mit dem Arm über die tränenerfüllten Augen und stieß einen markerschütternden Schrei aus. „Ihr! Feen! Wo seid ihr? Hört auf, uns aufzulauern, und zeigt euch! Gebt zu, was ihr getan habt, ihr verdammten Arschlöcher. Wagt es nicht, euch zu verstecken und so zu tun, als wüsstet ihr nicht–".

Meine Stimme brach mit einem frustrierten Knurren ab. Ich schlug gegen den Felsen, meine Drachenkrallen ragten bereits aus meinen Fingern. Sie bohrten sich in die Wand, doch dieser Akt der Zerstörung verschaffte mir keine Genugtuung. Die Feen waren nicht aufgetaucht. Verdammte Feiglinge. Mehr als ein Dutzend von ihnen hatten sich auf eine Frau gestürzt und sie attackiert, bis sie nicht einmal mehr hatte stehen können …

Ich biss die Zähne zusammen. „Serenity", versuchte Aaron mich zu besänftigen, doch ich kochte vor Wut. Ich wirbelte herum und warf meine Jacke auf den Boden. Wenn die Feen nicht zu mir kamen, würde ich sie eben aufspüren und sie für ihre Tat *bezahlen* lassen.

Meine Muskeln zuckten, als sich mein Körper vollständig in meine Drachengestalt verwandelte. Ich füllte fast die Hälfte des Raumes aus. Das Podest sah plötzlich winzig aus. Ich schlich darum herum, meine Nüstern blähten sich auf.

Da! Unter dem kalten Felsgeruch verbarg sich ein weiterer schwacher Geruch. Wie gemähtes Gras, gemischt mit Schneeregen. Ich hatte diesen Geruch noch nie zuvor gerochen, doch mein Instinkt sagte mir, dass es die Feen waren. Ich atmete tief ein und versuchte, der Spur zu folgen, bevor ich innehielt.

Ich war mir sicher, dass es der Geruch der Feen war – aber ich wusste auch, dass er alt war. Abgestanden. Meine Drachensinne sagten mir, dass der Geruch schon einige Tage alt war. Vielleicht war die Feenfrau, die uns von dem Wiesel erzählt hatte, hier gewesen.

Ich ließ mich beinahe auf Menschengröße schrumpfen, um mich durch die enge Öffnung zu zwängen. Dann schlich ich mich in Drachengestalt durch die Höhle zurück. Ich schmeckte die Luft auf meiner Zunge und saugte sie in meine gewaltige Lunge.

Doch ich nahm keinen Hauch von frischem

Feengeruch wahr. Sie waren nicht hier. Die Bastarde hatten sich tatsächlich verzogen.

Mit einem frustrierten Knurren verwandelte ich mich wieder in mein menschliches Ich und ließ mich auf den Boden sinken. Der Steinboden war kühl unter meiner nackten Haut, doch das war mir egal. Ich zog meine Knie an die Brust, presste mein Gesicht dagegen und unterdrückte ein Schluchzen. Tränen liefen mir in eiskalten Strömen die Beine hinunter.

Mom war fort. Sie war seit sieben Jahren fort. Ich hatte zwar die ganze Zeit gewusst, dass sie tot sein könnte, aber jetzt war es plötzlich real. Es gab keine Hoffnung mehr auf eine andere Erklärung.

Ich wollte es nicht akzeptieren. Sie war meinetwegen hierhergekommen. Um mir die größtmögliche Macht zu geben, damit ich die Rolle der Anführerin aller Gestaltwandler übernehmen konnte. Sie hatte mich nicht mitgenommen, um mich nicht in Gefahr zu bringen, doch wenn wir zusammen gewesen wären, wenn ich damals gewusst hätte, was ich war, dann hätten wir vielleicht …

Schritte schlurften über den Boden. Einer der Jungs legte mir die Jacke über die Schultern. Dann versammelten sich die vier in einem Halbkreis um mich herum.

„Ich wusste, dass den Feen nicht zu trauen ist", murmelte West. „Sie haben den Abtrünnigen geholfen und uns auf jede erdenkliche Weise reingelegt."

„Gute Strategie", sagte Marco. „Es so aussehen zu lassen, als wären wir von unseren eigenen Leuten ausgeschaltet worden, damit sie nicht in Schwierigkeiten geraten, weil sie das Abkommen gebrochen haben. Sehr raffiniert. Ich würde ihre List fast bewundern, wenn sie nicht gegen mich gerichtet gewesen wäre."

„Ich glaube nicht, dass jetzt der richtige Zeitpunkt für Scherze ist", sagte Nate. An seinem Tonfall war regelrecht zu hören, dass er die Stirn runzelte.

Aaron kniete sich vor mich hin. Als ich den Kopf hob, um meinem Gefährten in die Augen zu sehen, legte er seine Hand auf die meine. Sein Gesichtsausdruck war ernst. „Wir werden das nicht so stehen lassen", sagte er. „Die Feen haben ein Verbrechen begangen, und sie werden sich dafür verantworten müssen."

„Wie denn?", fragte ich krächzend. Mein Hals fühlte sich dick an, von nicht vergossenen Tränen.

„Sobald wir diesen Berg verlassen, machen wir uns auf den Weg zu den Zentren der Gestaltwandler-Gemeinschaft, um die Nachricht zu verbreiten, dass du gefunden wurdest und deine Rolle als Drachenwandlerin übernommen hast. Wir können mit dem Anwesen der Vogelwandler beginnen, das ist von hier aus am nächsten und unsere Bindung ist bereits vollzogen. Außerdem ist das Reich der Feenkönigin nicht weit weg. Wir werden sie direkt damit konfrontieren."

„Ist da nicht noch etwas, über das wir zuerst sprechen sollten?", fragte Marco. „Was ist mit dem Kristall passiert? Deine Mutter ist nicht ohne Grund den ganzen Weg hierhergekommen, Prinzessin. Was ist das für eine Kraft, die sie dir geben wollte?"

Ich versuchte, den Schmerz der Trauer und meiner wunden Muskeln zu durchdringen. Nichts in mir fühlte sich wirklich anders an. *Die Flamme der Wahrheit*, so hatte diese seltsame Gestalt die Macht genannt, als ich den Kristall zerschlagen hatte. *Mit der Flamme zerstören oder Lügen wegbrennen.*

Meine Lunge kribbelte bei dem Gedanken, Feuer zu spucken. Ob ich jetzt eine andere Art von Flamme erzeugen konnte? Ich konnte mir nicht vorstellen, dass ich es überhaupt schaffen würde, nach zwei Verwandlungen so kurz hintereinander schon wieder meine Drachengestalt anzunehmen. Ich musste immer noch an meiner Ausdauer arbeiten.

„Ich weiß nicht genau", sagte ich. „Es hat etwas mit meinem Drachenfeuer zu tun und damit, die Wahrheit zu finden. Die Flamme in dem Kristall hat mir gezeigt, was mit meiner Mutter passiert ist. Scheinbar soll ich sie benutzen, um die Wahrheit zu finden? Aber es war keine Gebrauchsanweisung dabei oder so."

Das wäre ja auch zu schön gewesen. Ich nehme an, ich würde es wieder einmal herausfinden müssen, so wie alles andere, seit mein Leben diese verrückte Wendung genommen hatte.

„Klingt, als könnte es hilfreich sein, wenn man bedenkt, wie es bisher für uns gelaufen ist", meinte Nate. „Du wirst wissen, wem du vertrauen kannst."

„Sobald ich herausgefunden habe, wie man diese Flamme benutzt." Ich wischte mir noch einmal über die Augen, bevor ich mich aufrappelte. Mein Verlust lastete immer noch schwer auf mir, doch ich musste jetzt meine vier Alphas beschützen, so wie sie mich beschützten. Und mich um eine ganze Gemeinschaft von Gestaltwandlern kümmern.

Außerdem waren die Feen, die meine Mutter

umgebracht hatten, immer noch da draußen und planten möglicherweise noch andere Verbrechen gegen uns.

„Also gut", verkündete ich. „Lasst uns von diesem Berg verschwinden, und dann will ich eine Audienz bei der Feenkönigin."

Ich hob den Kopf, als der Geruch von Salz den Geländewagen erfüllte. Wir näherten uns der Küste. Das bedeutete, dass wir das Anwesen am Pazifik bald erreichen würden, von wo aus Aaron seine Vogelsippe überwachte.

Heute würde ich diese Sippe als seine Gefährtin und eine ihrer Anführerinnen *kennenlernen*. Meine Haut kribbelte bei dem Gedanken. Ich rollte mich auf dem Rücksitz zusammen und schaute wieder auf mein Handy. Kylie hatte gerade auf meine letzte Nachricht geantwortet.

*Ich wünschte, ich könnte bei dir sein, Ren. Du solltest so etwas nicht ohne deine beste Freundin durchstehen müssen. Ich weiß, wie viel dir deine Mutter bedeutet hat.*

*Ich wünschte auch, du wärst hier,* schrieb ich zurück. Mein einziger Trost, nachdem ich vom Berg heruntergekommen war, war die Tatsache, dass ich wieder Handyempfang hatte. Obwohl es immer noch vieles gab, was ich Kylie nicht sagen konnte. Es war leichter, einfach wieder herumzualbern. *Du bist doch nur enttäuscht, dass du den ganzen Augenschmaus verpasst.*

*Hey, das sind deine Gefährten! Ich mache nicht mit vergebenen Typen rum. Aber man wird ja trotzdem ein bisschen die Aussicht genießen dürfen.* Sie fügte ein zwinkerndes Emoji hinzu. *Kommst du klar? Soll ich dir irgendetwas schicken?*

Ich dachte nach, aber wir waren gerade erst in unsere neue Wohnung eingezogen. In den Jahren, in denen ich auf der Straße gelebt hatte, hatte ich nicht viele Habseligkeiten angehäuft. Ein Teil von mir sehnte sich danach, sich unter die Häkeldecke zu kuscheln, die wir über die Lehne unserer gebrauchten Couch gelegt hatten, um die Vertrautheit von Zuhause zu spüren. Doch zuerst musste ich mich um andere Dinge kümmern.

Wir würden nicht nur der Gemeinschaft der Vogelwandler einen Besuch abstatten. Sondern auch dem Reich der Feenkönigin, das sich ganz in der Nähe befand.

Ich hatte Kylie nichts von diesem Teil der Reise erzählt. Ich hatte ihr nicht einmal gesagt, dass ich gesehen hatte, wie meine Mutter gestorben war, nur dass ich es gesehen hatte. Wenn sie wüsste, dass ich mich mit einem Haufen mordlustiger magischer Wesen anlegen würde, würde sie *richtig* ausflippen.

Und warum sollte ich sie beunruhigen, wenn sie ohnehin zu weit weg war, um zu helfen?

„Sind wir schon da?", rief Marco vom Sitz vor mir mit verstellter Kinderstimme. Ich trat sanft gegen die Rückenlehne, woraufhin er mir ein heiteres Lächeln zuwarf.

Aaron, der wie üblich vorne saß, um den Weg zu weisen, gluckste. „Fast. Warum sind Katzenwandler nur immer so unruhig?"

„Weil wir wissen, dass wir so viel zur Welt beitragen können und es nicht ertragen, zurückgehalten zu werden", erklärte Marco. Er stützte sich mit den Füßen auf dem Fahrersitz vor ihm ab.

Nate, der auf diesem Sitz saß, stieß einen schroffen, abweisenden Laut aus. „Ich kann mich nicht erinnern, dass du viel zu *dieser* Reise beigetragen hast, außer dass du gestern Abend im Restaurant die teuersten Gerichte ausgesucht hast.“

Marco winkte ab. „Ich habe gerade eine Woche auf einem Berg verbracht und mich ausschließlich von nicht verderblichen Lebensmitteln ernährt. Darunter sogar welche, die vergiftet waren. Danach haben wir uns *alle* eine gute Mahlzeit verdient.“

Niemand schaute mich an, als er das sagte, aber ich spürte trotzdem, wie sich die Aufmerksamkeit verlagerte. Alle außer West hatten mir angeboten, mir auf dem Rücksitz Gesellschaft zu leisten, woraufhin ich ihnen jedoch erklärt hatte, dass ich ein wenig Zeit für mich brauchte, um nachzudenken und mich mit Kylie zu unterhalten. Ich wusste, dass ihnen meine Reaktion auf die Nachricht von Moms Tod immer noch Sorgen bereitete. Ich hatte mein Essen in dem Restaurant kaum angerührt. Ich hatte einfach nur aufbrechen und für Gerechtigkeit sorgen wollen.

Als hätte er meine Gedanken gelesen, wandte sich Aaron an mich. „Sobald wir ankommen, schicke ich einen meiner Leute los, um eine Audienz bei der Feenkönigin zu arrangieren. Es sollte nicht lange dauern, bis sie antwortet.“

„Und bestimmt empfangen sie uns nur allzu gerne“, brummte West, der neben Marco saß.

Ich ignorierte ihn. „Danke“, sagte ich zu Aaron.

Der Salzgeruch in der Luft wurde immer intensiver. Dann hielten wir vor einem schmiedeeisernen Tor, das in eine hohe Steinmauer eingelassen war. Mein Herzschlag beschleunigte sich und instinktiv ließ ich eine Hand in meine Tasche gleiten, um Moms Medaillon zu umfassen. Das solide Metall vermittelte mir ein Gefühl von Sicherheit.

*Ich muss Schluss machen*, schrieb ich Kylie. *Ich glaube, wir sind da.*

*Zeig ihnen, dass du die beste Drachenwandlerkönigin bist, die sie je gesehen haben!*, antwortete sie.

Ich lächelte, doch als ich mein Handy weglegte, fühlte ich mich ganz und gar nicht wie eine Königin. Ich trug Jeans und T-Shirt, war ungeschminkt und mein Körper schmerzte noch immer von der Wanderung den Berg hinauf und hinunter. Außerdem hatte ich keine Ahnung, was ich von einem Gestaltwandler-Anwesen zu erwarten hatte.

Aaron hatte mir erklärt, dass jede Sippe eine Art Operationszentrum hatte, die Vogelwandler im Nordwesten, die Hundewandler im Nordosten, die Katzenwandler im Südosten und die gemischte Gruppe, über die Nate herrschte, im Südwesten. Die Alphas reisten je nach Bedarf durch das Land, trafen sich mit ihren Beratern und verwahrten ihre Unterlagen auf dem Anwesen. Wann immer ein Gestaltwandler Hilfe brauchte, konnte er jederzeit dort hinkommen und würde Unterstützung erhalten.

Auch die Drachenwandlerinnen hatten ein Anwesen, das seit sechzehn Jahren leer stand. Es befand sich in der Mitte des Landes, um keine der Sippen zu bevorzugen.

Dort hatte sich meine gesamte Familie aufgehalten, als die Abtrünnigen ihren ersten Angriff verübt hatten.

Mir wurde mulmig bei dem Gedanken, an diesen Ort zurückzukehren. Ich hatte glückliche Kindheitserinnerungen an meine ersten fünf Jahre, als ich dort aufgewachsen bin ... doch meine letzten Erinnerungen an das Haus und das Gelände drum herum waren von Gewalt und Panik geprägt.

Musik drang von außen ins Innere des Wagens. Ich blickte aus dem Fenster. Vor mir war gerade ein riesiges Herrenhaus in Sicht gekommen. Es dämmerte bereits und die Fenster waren hell erleuchtet. Weiße Marmorsäulen flankierten die Flügeltüren, und auf dem Dachvorsprung standen vogelartige Skulpturen.

Die Bäume, die die Auffahrt zu dem Anwesen säumten, waren mit beleuchteten Laternen geschmückt. Zwischen dem bewaldeten Gelände und der breiten Eingangstreppe des Herrenhauses befand sich ein riesiger Innenhof, in dem sich ein Haufen von Gestalten versammelt hatte. Sie wirbelten im Takt der Musik herum und schwenkten ebenfalls kleine Laternen in ihren Händen.

Dann musste jemand den Geländewagen entdeckt haben, denn die Menge begann zu jubeln und die Tanzenden hielten inne und beobachteten unsere Ankunft.

Aaron drehte sich zu mir um. „Meine Sippe freut sich schon darauf, dich kennenzulernen", sagte er. „Sie wollten, dass dein erster Besuch hier etwas ganz Besonderes wird."

Ich schlang die Arme um meinen Körper und versuchte, meine Nervosität in den Griff zu bekommen.

Diese Gestaltenwandler waren mir wohlgesonnen, weil ich die Gefährtin ihres Alphas war. Doch der aufgeregten Menge entgegenzutreten, war etwas ganz anderes, als von einer kleinen Gruppe von Dorfbewohnern in der Gestaltwandlerstadt, in der wir auf dem Weg zum Berg Halt gemacht hatten, ausgefragt und angefasst zu werden. Es mussten Hunderte von Menschen sein, die sich vor uns versammelt hatten.

„Ich weiß nicht, was ich ihnen sagen soll", sagte ich. „Oder was ich tun soll. Oder–".

„Sei einfach du selbst. Sei unsere Flammenprinzessin." Marco schenkte mir ein verschmitztes Grinsen. „Mehr wollen sie nicht."

Da war ich mir nicht so sicher. Doch als Nate den Geländewagen am Rande des Innenhofs zum Stehen brachte, richtete ich mich auf.

Jetzt war es also so weit. Hier begann der Rest meines Lebens, als Drachenwandlerin, dem Bindeglied zwischen den vier Gestaltwandler-Sippen. Ich hatte dafür gekämpft, hier zu sein. Und jetzt wollte ich verdammt noch mal das Beste daraus machen.

# 12

Eine Frau, die wie ein Sperling roch, rempelte mich von hinten an. Eine Sekunde später stieß mich ein Spatzenwandler mit seinem Ellbogen zur Seite. Zähneknirschend bahnte ich mir einen Weg zum Rand des Hofes. Aus allen Richtungen erklang Musik, die das Stimmengewirr allerdings kaum übertönte. Und es waren sehr viele Stimmen. Die Vogelwandler waren immer furchtbar mitteilsam.

Wölfe mochten zwar in Rudeln leben, doch ein Rudel bestand normalerweise aus zehn, höchstens fünfzehn Mitgliedern. Wir mochten keine *Menschenmengen*. Bei so vielen Leuten war kein Platz zum Laufen, kein Bewegungsspielraum. Es war mir unverständlich, wie man sich in einem solchen Getümmel wohlfühlen konnte. Und niemand hier schenkte meinem Status als Alpha irgendeine Beachtung. Ihre gesamte Aufmerksamkeit galt *ihrem* Anführer – und natürlich seiner Gefährtin.

Ich ließ meinen Blick über die wippenden Köpfe schweifen. Aarons Sippe hatte ein Podest in der Mitte des Hofes errichtet, von wo aus er zu ihnen sprechen und Ren vorführen konnte. Die Drachenwandlerin lächelte, schüttelte Hände und ließ sich umarmen, doch ihre Haltung war genauso unsicher wie damals in dem Hundewandlerdorf, wo sie umzingelt worden war.

Ein unbehagliches Gefühl stieg in meiner Brust auf. Ich verspürte den Drang, zu ihr zu gehen und sie mit meiner Anwesenheit zu unterstützen. War sie wirklich bereit für das hier?

Ich biss die Zähne zusammen. Wenn sie diese Rolle ausfüllen wollte, musste sie bereit sein. Diesmal konnte ich nicht einschreiten und sie wegdrängen, um ihr etwas Luft zu verschaffen. Das war die Show des Adlerwandlers. Außerdem hatte sie es so gewollt, als sie die Gefährtenbindung mit Aaron bestätigt hatte. Dann sollte es so sein.

Als ich meinen Blick losriss, entdeckte ich Marco am Rande des Hofes. Ich hätte erwartet, dass sich der Jaguarwandler mitten in die Feierlichkeiten mischen würde, wenn man bedachte, dass er Vergnügungen normalerweise hinterherjagte, als wären sie eine besonders leckere Maus. Aber vielleicht veranstaltete er hier eine kleine Privatparty. Eine Gruppe von Gestaltwandlern hatte sich um ihn herum versammelt. Und sie sahen ganz und gar nicht vogelartig aus. Als ich auf sie zuging, nahm ich ihren Geruch wahr. Allesamt waren Katzenwandler.

„Ist das hier eine Katzenversammlung oder so?", fragte ich.

Marcos Blick glitt zu mir. Er schnippte abweisend mit

den Fingern. „Eine Delegation der Sippe ist hergekommen, um mit mir zu sprechen. Die Vampire in New York haben einen kleinen Wutanfall bekommen. Nichts, womit wir nicht allein fertig werden würden."

Vampire. Ich schnitt eine Grimasse. „Nach dieser Begegnung in ihrem Revier kann ich es ihnen nicht verdenken, dass sie sauer sind."

„Nun, wir hatten nicht wirklich eine Wahl, als wir mit ihnen aneinandergeraten sind, oder? Und jetzt müssen wir uns mit den Feen herumschlagen. Wobei in diesem Fall ehrlicherweise die Feen angefangen haben."

Einer der Katzenwandler tippte Marco an. Marco beugte sich vor, um sich anzuhören, was ihm der Kerl mitteilen wollte, ohne dass ich es hören sollte. Als ob mich ihr privates Gespräch interessieren würde. Ich war froh, mich nicht mit der Besänftigung der Vampire befassen zu müssen.

Wobei mir die Vampire lieber wären als die Feen. Ein Kribbeln kroch über meine Haut und ich wandte mich ab.

Ren war fest entschlossen, der Königin den Krieg zu erklären. Sie hatte keine Ahnung, worauf sie sich einließ. Keine Ahnung, wie verdammt gefährlich die Feen sein konnten. Sie hatten ihre Mutter getötet, um sie daran zu hindern, an die geheimnisvolle Macht zu gelangen, die Ren jetzt in sich trug – was bedeutete, dass sie Ren als doppelt so große Bedrohung ansehen würden. Sich jetzt an sie zu wenden, egal wie schrecklich ihre vergangenen Verbrechen sein mochten, konnte nur Ärger nach sich ziehen.

Doch „Nein" schien im Wortschatz unserer Drachenwandlerin nicht vorzukommen. Mein Blick wurde wieder von ihr angezogen, sie stand jetzt auf dem Podest. Ich konnte nicht leugnen, dass sie selbst in ihrer schlichten Menschenkleidung etwas Königliches an sich hatte. Etwas Majestätisches, in das sie langsam hineinwuchs.

Etwas, das ich berühren, schmecken und besitzen wollte.

Ein Schwall von Verlangen strömte durch meine Adern. Ich unterdrückte es und schob es beiseite.

Woher sollte ich wissen, dass dieses Gefühl wirklich meins war und nicht nur eine Begleiterscheinung der Gefährtenbindung, die ich nur aufgrund dessen empfand, was wir waren, nicht wer wir waren? Mein Instinkt drängte mich zu ihr hin, doch das bedeutete nicht, dass es die richtige Entscheidung war. Sie hatte noch so viel mehr zu lernen, musste noch so viel mehr Disziplin entwickeln …

Ich musste mich davon abhalten, dem Drang nachzugeben, derjenige zu sein, der sie unterrichtete.

Meine Leute zählten darauf, dass ich die richtige Entscheidung treffen würde. Dass ich sie in die Richtung führte, die am besten für sie war. Ren bekam jetzt die Chance sich als Gestaltwandlerin zu offenbaren. Als die Drachenwandlerin, auf die all diese Leute gewartet hatten. Es würde nicht lange dauern, festzustellen, ob sie glänzen oder versagen würde.

Mein Blick ruhte noch immer auf ihr. Verdammt, im Moment strahlte sie auf jeden Fall. Sie lächelte eine Frau an, die auf das Podest gekommen war, um ihr die Ehre zu erweisen. Dann drehte sie sich plötzlich zu mir um und ich zog den Kopf ein, bevor sie mich dabei erwischte, wie ich sie beobachtete.

Sie hatte schon viel zu viel von der Macht gesehen, die sie über mich hatte. Ich musste Abstand halten, bis ich mir sicher war.

~

*Ren*

Aaron legte seine Hand auf meinen Rücken und beugte sich zu mir, sodass ich ihn über den Lärm der Menschenmenge um uns herum hören konnte. „Geht's dir gut?", fragte er.

„Ja", antwortete ich mit einem aufrichtigen Lächeln. Mein Körper wiegte sich automatisch im Takt der Musik, die über den Innenhof schallte. Die Nervosität von vorhin hatte sich in eine angenehme Heiterkeit verwandelt. „Es geht mir gut. Ich meine, es ist alles ein bisschen überwältigend, aber … Alle sind so nett. Ich kann mich also nicht beschweren."

Er gluckste. „Freut mich zu hören. Sie haben schon lange auf diesen Tag gewartet."

Genauso wie er. Ein Hauch von Stolz flackerte in mir auf. Er hatte sein Volk so viele Jahre lang allein angeführt, obwohl er noch so jung gewesen war. Und jetzt durfte ich an seiner Seite stehen.

Ich krallte meine Finger in die Vorderseite seines

Hemdes und presste meine Lippen auf seine. Aaron strich mit dem Daumen über meine Wange und erwiderte den Kuss sanft, aber leidenschaftlich, bis mir die Luft wegblieb. Eine Welle des Verlangens durchströmte mich. Plötzlich war mir die Menge um uns herum nicht mehr ganz so egal.

Doch sie schien unsere öffentliche Zurschaustellung von Zärtlichkeit nicht im Geringsten zu stören. Im Gegenteil. Die Menge begann zu jubeln. Meine Wangen erröteten und ich zog mich zurück und grinste. „Tut mir leid.“

Aaron lachte bei meiner Entschuldigung. „Was tut dir leid? Das hat ihnen gefallen.“ Sein Lächeln wurde schelmisch. „Und mir auch. Gestaltwandler sind nicht schüchtern, was die Zurschaustellung von Zuneigung betrifft. Und wir haben auch kein Problem damit, unseren Körper zu zeigen. Sieh dich mal um.“

Er nickte zur Menge hin. Ich ließ meinen Blick über die Menschen schweifen, die sich um unsere kleine Plattform herum versammelt hatte. Die Menge erstreckte sich über den riesigen Hof bis zu dem Ring aus Marmorbögen am Rand und den Bäumen dahinter. Trotz der Laternen, die an verschiedenen Stellen als Lichtquellen dienten, war es schon ziemlich dunkel. Mir war das Verhalten, von dem er sprach, zunächst nicht aufgefallen. Erst jetzt, als ich genauer hinsah, erkannte ich, wovon er sprach.

Überall am Rande des Hofes, an die Säulen der Gewölbe gepresst oder inmitten der anderen Feiernden, ging es heiß her. Küssen, intensives Petting, alles Mögliche. Ich bemerkte ein junges Paar, das bereit zu sein schien, direkt auf einer Steinbank zwischen zwei der Bögen intim zu werden. Eine Frau wiegte genüsslich ihren Kopf, während ihr Gefährte ihre Brüste unter ihrer Bluse streichelte. Eine dreiköpfige Gruppe verschlang abwechselnd die Münder der jeweils anderen. Offenbar waren Drachenwandlerinnen nicht die einzigen, die gerne mehrere Gefährten hatten.

Die Röte in meinem Gesicht sickerte meinen ganzen Körper hinunter. „Wow. Okay, wenn ich mir wegen irgendetwas Sorgen machen sollte, dann darüber, dass deine Sippe mich für prüde halten wird."

Aaron legte seinen Arm um meine Taille. „Du musst dir *überhaupt keine* Sorgen machen. Sie werden dich so akzeptieren, wie du bist. Und diese Aktivitäten könnten heute Abend etwas, äh, extremer sein, als es in der Öffentlichkeit üblich ist. Die Leute haben viel nachzuholen."

Es dauerte einen Augenblick, bis ich begriff, wovon er sprach. West hatte mir erzählt, dass die Gestaltwandler-Sippen keine Kinder bekommen konnten, solange ihr Alpha keine Gefährtin hatte. Jetzt waren dem Kindermachen keine Grenzen mehr gesetzt. Ich schätzte, dass in neun Monaten eine Menge neuer Vogelwandler geboren werden würde.

Eine Menge Gestaltwandler-Babys aller Arten, sobald ich die Gefährtenbindung mit all meinen Gefährten vollzogen hatte.

Bei diesem Gedanken überkam mich ein seltsames Gefühl: Schwindlige Aufregung und ängstliche Unsicherheit vermischten sich. Ich sollte die anderen Jungs nicht vernachlässigen, auch jetzt nicht – schließlich würde ich Aaron auf den Anwesen der anderen Sippen auch nicht ignorieren.

Ich sah mich erneut in der Menge um, diesmal auf der Suche nach meinen anderen Gefährten. Ich konnte weder Nate noch West sehen, doch mein inneres Gespür für ihre Anwesenheit sagte mir, dass sie in der Nähe waren. Marco stand neben einem Bogen und unterhielt sich mit ein paar anderen Gestaltwandlern.

Er runzelte die Stirn, was er nicht oft tat. Mir drehte sich der Magen um. Stimmte irgendetwas nicht?

„Hey", sagte ich zu Aaron. „Macht es dir etwas aus, wenn ich mir ein wenig die Beine vertrete, oder soll ich die ganze Zeit hier oben bleiben?"

„Nur zu", sagte er. „Das Anwesen sollte absolut sicher sein. Ich habe Leute, die jeden Neuankömmling auf sein Gestaltwandler-Mal überprüfen."

Ich sprang von dem Podest und wurde sofort in den Trubel der Feierlichkeiten hineingezogen. Die Vogelwandler umarmten mich freundlich, riefen mir freudige Kommentare ins Ohr und strahlten mich an, als hätten sie … nun ja, als hätten sie sechzehn Jahre darauf gewartet, mich kennenzulernen. Ich lächelte zurück, bis mir das Gesicht weh tat. Mein Herz klopfte schnell, dennoch verspürte ich nicht den Drang, dieses Durcheinander zu verlassen.

Zum ersten Mal, seit ich vor all den Jahren mit meiner Mutter geflohen war, war ich an einem Ort, an den ich wirklich gehörte.

Langsam schlängelte ich mich durch die Menge zu dem Bogen, wo ich Marco gesehen hatte. Als ich ihn erreichte, dachte ich zuerst, er wäre weg. Dann hörte ich seine Stimme von der anderen Seite der dicken Marmorsäule.

„Ich verstehe nicht, was euch das angeht.“

„Warum sollte es uns nichts angehen?“, erwiderte ein Mann. „Wir sind eine Sippe. Und die Sicherheit unserer Sippe hängt davon ab, dass du deinen Arsch bewegst und sie dir schnappst.“

*Sie schnappen.* Wovon sprachen sie? Ich zögerte, denn ich ahnte, dass das Gespräch sofort verstummen würde, wenn ich mich einmischte.

„Ich arbeite daran“, sagte Marco. „Ich bin mir sicher, dass es für die Alphas, deren Gefährtinnen mehr als ein paar Wochen im Voraus wussten, worauf sie sich einließen, um einiges einfacher war.“

Jemand anderes, diesmal eine Frau, schnaubte. „Wo ist dein Charme, mit dem du immer so prahlst? Du weißt doch, dass es viele gibt, die deinen Platz sofort einnehmen würden, wenn sich ihnen die Gelegenheit bietet. Und solange du die Bindung nicht vollzogen hast–“.

„Ich weiß“, schnauzte Marco. „Vielen Dank für eure Besorgnis, aber ich versichere euch, dass ich es hinkriegen werde. Und zwar noch vor dem Wolfsjungen oder unserem Grizzly.“

Sein Tonfall war so gefühllos, dass sich mir die Nackenhaare sträubten. Ich wich zurück und mischte mich wieder unter die Menge, denn plötzlich wollte ich auf keinen Fall von einem von ihnen bemerkt werden.

Es war klar, dass sie über mich sprachen. Sie bedrängten Marco wegen unserer ungewissen Verbindung. Allerdings hatte er mich nicht gerade verteidigt, oder? Er hatte es so aussehen lassen, als ob … als ob es eine Art

Wettbewerb wäre mein Gefährte zu sein. Oder ein *Auftrag*.

Ich musste daran denken, wie er neulich Abend mit mir gesprochen hatte, als wir fast unsere Bindung vollzogen hätten. Er hatte davon geredet, wie viel ich ihm bedeutete und davon, wie unser gemeinsames Leben aussehen würde …

Mir drehte sich der Magen um. Hatte er das alles überhaupt ernst gemeint? Oder hatte er nur gedacht, dass er mich mit ein paar süßen Nichtigkeiten dazu bringen konnte, seinem „Charme" zu erliegen?

Weitere Vogelwandler begrüßten mich, und ich rang mir ein Lächeln ab, obwohl ich einen schmerzhaften Stich in meiner Magengegend spürte. Ich hatte angenommen, wenn ich *jemandem* vertrauen konnte, dann meinen Gefährten. Sogar West, trotz seiner Schroffheit. Was, wenn ich mich geirrt hatte?

Ohne es zu wollen, lief ich zurück in Richtung Podest. Aaron sprang herunter. Als er meinen Gesichtsausdruck sah, legte er seine Hand an meine Wange. Ich schmiegte mein Gesicht an seine Handfläche und schöpfte so viel Trost daraus, wie ich konnte.

„Wird dir die Feier ein bisschen zu viel?", fragte er.

Nein, ich wollte mich nicht von einer dummen Bemerkung davon abhalten lassen, das Beste aus diesem Moment zu machen. Ich würde später entscheiden, was ich in Bezug auf Marco tun würde, sobald ich mit ihm allein sprechen konnte. Heute Abend ging es darum, zu feiern, was wir erreicht hatten.

Ich schlang meine Finger um Aarons Handfläche. „Mir geht's gut. Willst du tanzen?"

„Diese Bitte würde ich dir niemals abschlagen." Er legte seine andere Hand auf meine Taille und wirbelte mich so schnell herum, dass ich auflachte, ohne es zu wollen. Dann zog er mich dicht an sich heran, und wir wiegten uns gemeinsam zum Klang der Melodie, die die Luft erfüllte.

„Wie schnell kannst du die Feenkönigin kontaktieren?", fragte ich. Ich durfte den Grund meines Kommens nicht vergessen. Ich würde mich nicht entspannen können, bevor ich nicht irgendeine Form von Gerechtigkeit für Mom erlangt hatte.

„Das habe ich bereits", sagte Aaron. „Ich habe vor etwa einer Stunde einen meiner Leute zu ihrer Festung geschickt. Wir sollten bis morgen eine Antwort haben." Er drückte meine Hand fester. „Und wenn sie uns nicht anhören will, werde ich dafür sorgen, dass sie ihre Meinung ändert. Versprochen."

# 13

Der Himmel über dem Garten war inzwischen beinahe schwarz und die Sterne funkelten in der Ferne. Ich legte meinen Kopf in den Nacken und nahm ihren schwachen Schein in mich auf, während ich den Weg entlangschlenderte.

Die Feierlichkeiten der Vogelwandler beruhigten sich allmählich. Vom Innenhof drang noch immer Musik und Stimmengewirr über die Hecken. Vor ein paar Minuten hatte ich mich schließlich durch einen der Bögen in einen ruhigeren Bereich geschlichen, um etwas durchzuatmen.

Die warme, salzige Luft war eine Wohltat nach der Kälte in den Bergen. Ich schloss meine Augen und atmete tief ein. Eine schwache Brise rauschte durch die Blumen und Hecken um mich herum. Ein süßer Duft stieg von den Blüten auf und vermischte sich mit dem Meeresduft. Von der anderen Seite des Hauses ertönte das Rauschen der Wellen, gerade so laut, dass mein Drachengehör es wahrnehmen konnte.

Als ich erneut einatmete, stieg mir ein weiterer Duft in die Nase. Etwas Dunkleres, Erdigeres mit einem Hauch von Kiefer. Bevor ich meine Augen öffnete, wusste ich, dass West in der Nähe war.

Der Wolfswandler stand an einem Holzgitter, das mit blühenden Ranken bedeckt war. Darunter befand sich eine Steinbank. West stand mit dem Rücken zu mir, das Gesicht dem hinteren Teil des Gartens zugewandt, hinter dem die Grundstücksmauer aufragte. Er hatte seine Hände in den Taschen seiner Jeans vergraben, und sein Kopf war nachdenklich zur Seite geneigt.

Ich zögerte, da mich die Gefährtenbindung dazu drängte, zu ihm zu gehen, während mein gesunder Menschenverstand mir riet, ihn in Ruhe zu lassen. Wenn er Gesellschaft gewollt hätte, wäre er nicht hierhergekommen, während die Party noch im Gange war. Außerdem war er noch nie besonders erpicht darauf gewesen, Zeit mit *mir* zu verbringen.

Doch vielleicht sollte ich genau aus diesem Grund zu ihm gehen. Er mochte sich manchmal wie ein Idiot verhalten – okay, meistens – aber ich konnte verstehen, warum. Ich hatte gesehen, wie sehr er sich um seine Sippe kümmerte. Das mit der Abhängigkeit der Gestaltwandler von der Bindung zwischen einer Drachenwandlerin und den Alphas war nach dem Verschwinden meiner Mutter furchtbar schiefgegangen.

Er fühlte sich genauso zu mir hingezogen wie ich zu ihm. Vielleicht war ein Idiot zu sein, seine Art, sich gegen diese Anziehung zu wehren, während er seine Entscheidung traf.

Er sollte zumindest wissen, dass ich ihm eine Chance geben wollte. Dass ich alles für seine sowie die Sippen der anderen Jungs tun würde, wenn er mir entgegenkam. Falls er sich entschloss, die Gefährtenbindung aufzugeben und eine neue, von der Tradition losgelöste Verbindung einzugehen, dann nicht, weil *ich* ihn weggestoßen hatte.

Möglicherweise erinnerte sich ein kleiner Teil von mir auch an den einen Kuss, den er mir nach dem ersten Überfall der Abtrünnigen gegeben hatte. Die Leidenschaft darin, die mir den Kopf verdreht hatte. Und daran, wie er mich in jener Nacht im Zelt angesehen hatte …

Meine Haut errötete ein wenig bei der Erinnerung daran.

Ich schlenderte um ein paar rote und rosa Rosensträucher und einen Magnolienbaum herum, wobei ich mich nicht bemühte, leise zu sein. Und West konnte meine Anwesenheit wahrscheinlich ebenso riechen wie ich seine, doch ich zuckte trotzdem zusammen, als er sprach.

„Ist es dir zu langweilig geworden, im Mittelpunkt zu stehen, Flamme?", fragte er, ohne sich umzudrehen.

Ich verdrehte die Augen, obwohl er mein Gesicht nicht sehen konnte. „Ich habe fast mein ganzes Leben damit verbracht, *nicht* aufzufallen. Ich glaube, es wird noch eine Weile dauern, bis ich mich bei solchen Veranstaltungen richtig wohl fühle."

Er gab einen nicht zu deutenden Laut von sich. Nun, immerhin hatte er nicht gesagt, ich solle abhauen. Das war schon mal ein Fortschritt.

Ich trat neben ihn und folgte seinem Blick. „Traust du Aarons Wachen nicht zu, dass sie alles im Auge behalten?"

„Bei den Feen kann man nicht vorsichtig genug sein", entgegnete West. „Ich habe gehört, dass er bereits jemanden geschickt hat, um eine Audienz zu erbitten. Sie muss wissen, dass du hier bist und wo wir vorher waren. Und sie weiß auch, worum es in der Audienz geht."

„Glaubst du, sie weiß, dass einige ihrer Leute meine Mutter ermordet haben? Glaubst du, es war ihre *Idee*?" Meine Brust zog sich zusammen. Falls die Feenkönigin den Mord an der Herrscherin der Gestaltwandler angeordnet hatte … wäre das doch eine eindeutige Kriegserklärung, oder? Warum hassten sie uns so sehr?

„Das ist unwahrscheinlich", gab West zu meiner Erleichterung zu. „Die Feen sind vieles, aber nicht dumm. Allerdings hat die Königin möglicherweise einen Ton angeschlagen, der ihre Untergebenen davon überzeugt hat, dass es eine gute Idee ist. Und ich kann mir nicht vorstellen, dass sieben Jahre vergangen sind, ohne dass sie davon erfahren hat. Allerdings hat sie geschwiegen. Sie hatte kein Interesse, uns mitzuteilen, was vorgefallen war."

„Was passiert, wenn sie uns den Krieg erklären?", fragte ich. Das Bild der Feen, die Mom mit ihrer Magie auslöschten, schoss mir durch den Kopf. Ich zitterte. „Könnten wir uns dann überhaupt wehren?"

Wests Mund verzog sich zu einem grimmigen Lächeln. „Gestaltwandler sind stark. Es sind mindestens ein paar Feen nötig, um es mit einem von uns aufzunehmen, abgesehen von Schwächlingen wie diesem abtrünnigen Wieselwandler. Und es gibt viel mehr von uns als von ihnen. Wir würden ihnen einen guten Kampf liefern.

Doch das bedeutet nicht, dass wir es darauf anlegen sollten."

„Ich *will* nicht, dass es zu einem Kampf kommt", sagte ich. „Ich will nur ein paar Antworten. Ich will, dass sich die Feen, die meine Mutter umgebracht haben, den Konsequenzen stellen müssen. Ich finde, das ist nicht zu viel verlangt."

„Du kennst die Feen nicht", sagte West.

Im fahlen Mondlicht sah sein hübsches Gesicht plötzlich gequält aus. Ich kannte die Feen vielleicht tatsächlich noch nicht, er schien sie hingegen ziemlich gut zu kennen. Als ich Wests Schmerz spürte, zog sich mein Herz qualvoll zusammen. Ich schluckte.

„Was haben sie dir angetan?"

Zum ersten Mal sah er mich an, seine durchdringenden grünen Augen trafen auf meine. „Wie kommst du darauf, dass sie mir etwas getan haben?"

Ich zog die Augenbrauen hoch. „Abgesehen von der Tatsache, dass es dir ins Gesicht geschrieben steht und ich es in deiner Stimme hören kann? Diese ganze Gestaltwandler-Sache mag zwar neu für mich sein, aber ich bin kein Idiot."

Er drehte sich um, wodurch sein schlanker Körper meinem noch näherkam. So nah, dass mich die Hitze von Kopf bis Fuß durchströmte. Er legte den Kopf schief und in seinem Gesicht lag ein Ausdruck, den ich nicht deuten konnte, irgendetwas zwischen Neugier, Angst und Trotz. Er senkte seine Stimme und der klare, kehlige Ton kribbelte in meinen Ohren.

„Interessiert es dich wirklich? Oder denkst du nur, dass es sich gehört, diese Frage zu stellen?"

Ich starrte ihn an. Plötzlich fiel es mir extrem schwer, nachzudenken, da mein Körper vor Verlangen regelrecht vibrierte. Zum Glück war diese Frage nicht schwer zu beantworten.

„Natürlich interessiert es mich. Glaubst du *wirklich*, ich würde auch nur die Hälfte deines Gelabers über mich ergehen lassen, wenn ich nicht mehr über dich erfahren wollte?"

„Wie kommst du darauf, dass da noch etwas ist, was du noch nicht gesehen hast, Flamme?"

Auch ich senkte die Stimme und ein leicht neckischer Tonfall schwang darin mit. „Ich weiß es nicht. Aber ich habe gehört, dass Drachenwandlerinnen bei solchen Dingen besonders scharfsinnig sein sollen. Außerdem gefällt mir der Spitzname langsam, also falls du mich damit ärgern willst, musst du dir einen neuen einfallen lassen."

„Ich werde darüber nachdenken", sagte er und seine Mundwinkel zuckten. Ich konnte nicht erkennen, ob er ein Stirnrunzeln oder ein Lächeln unterdrückte. Ich war zu sehr damit beschäftigt, mich davon abzulenken, wie nah sein Mund an meinem war. Wir waren kaum mehr als einen Schritt voneinander entfernt. Und dann kam ein genialer Teil meines Gehirns auf die perfekte Ausrede, um ihn zu berühren.

„Deine Narbe, die aussieht, als würde sie *schimmern*. Stammt die vom Kampf mit einem Feenwesen?" Ich streckte meine Hand nach seiner Brust aus und hielt den Atem an.

Ein paar Zentimeter vor seiner Brust hielt West meine Hand fest. Seine Finger schlossen sich um meine, fest und heiß. Er strahlte so viel Hitze aus, dass ich für eine Sekunde dachte, ich würde schmelzen.

„Bist du sicher, dass du das willst?", fragte er. Seine Stimme war so tief und leise, dass es fast ein Flüstern war.

Zwischen meinen Beinen bildete sich ein Schmerz. Ich befeuchtete meine Lippen. Scheiß drauf. „Nein", erwiderte ich. „Ich will *das hier*."

Ich griff mit meiner anderen Hand in sein silbernes, kastanienbraunes Haar und presste meinen Mund auf seinen.

Ein Stöhnen vibrierte durch Wests Brust. Er erwiderte den Kuss und ließ meine Hand los, um meine Taille zu umfassen und mich an sich zu ziehen. Die Wärme seines Körpers hüllte mich ein, als wären wir nicht zwei Menschen, sondern zwei Teile eines Ganzen. Zwei Teile, die verzweifelt danach strebten, wieder miteinander zu verschmelzen.

Ich griff nach seinem Hemd, verlor mich in der Umarmung seines Mundes und den fordernden Bewegungen seiner Zunge. Ich wünschte mir nichts sehnlicher als das.

Meine Hüften wölbten sich wie von selbst gegen die von West. Mit einem hungrigen Knurren hob er mich hoch und legte mich auf die Steinbank, ohne den Kuss zu unterbrechen. Er stützte sich über mir ab und sein Körper streifte meinen. Wimmernd zog ich ihn an mich. Die Beule in seiner Jeans streifte mein Geschlecht, und ich rieb mich an ihm. Er stöhnte und senkte seinen Kopf, um seine heiße Zunge über meinen Hals gleiten zu lassen.

Keuchend ließ ich meine Hände mit einer Hingabe über seinen Körper gleiten, die mir peinlich gewesen wäre, wenn er nicht genauso verzweifelt auf der Suche nach Erlösung gewesen wäre. Meine Finger ertasteten den Saum seines Hemdes und glitten darunter über seinen nackten Rücken.

West griff nach meinen Hüften und platzierte sie so, dass seine Erektion durch unsere Kleidung hindurch genau meinen Kitzler berührte. Ein Stöhnen entwich meinen Lippen.

Es war mir egal, dass ein paar andere Feiernde in den Garten kommen und uns sehen oder hören könnten. Er gehörte *mir*, und ich gehörte ihm, und das hier war unsere Bestimmung. Von dem Moment meiner Geburt an, von dem Moment an, als er zum Alpha ernannt worden war. Bevor die Gewalt und die Bitterkeit uns auseinandergerissen hatten.

„Westley", flüsterte ich und neigte den Kopf, um ihn erneut zu küssen.

Beim Klang seines vollen Namens versteifte sich West abrupt. Er stieß mich so plötzlich von sich, dass ich ein paar Sekunden lang nur dalag und zu ihm aufblinzelte, während mein Körper angesichts des Kontaktverlusts pochte.

Er erwiderte meinen Blick. Ein Schauder durchfuhr seinen Körper. Seine Hände verkrampften sich. Sein Mund war immer noch rot vom Küssen und sein Schwanz drückte hart gegen seine Jeans, doch seine Augen waren plötzlich eiskalt.

„Nein", sagte er. „Ich bin nicht *Westley* für dich und tu nicht so, als ob ich es wäre."

Keuchend setzte ich mich auf. Wovon redete er? „Ich habe es nicht böse gemeint – einer der Gestaltwandler in deinem Dorf hat dich so genannt. Es ist mir nur wieder eingefallen und es erschien mir einfach …“

Es war mir einfach natürlich vorgekommen. Ihm jedoch offensichtlich nicht. Ich wusste nicht, wie ich es erklären sollte. Ich war einfach meinem Instinkt gefolgt.

„Du warst sechzehn Jahre lang weg“, sagte er barsch. „Du kennst mich nicht, und ich schulde dir nichts. Ich *brauche* nichts von dir. Ich habe meine Position als Alpha die ganze Zeit über weiter erfüllt, und ich werde es verdammt noch mal auch weiterhin tun, ob ich deine Bedingungen akzeptiere oder nicht.“

„West“, begann ich, doch seine Miene wurde nur noch finsterer. Ich schwieg.

Er schritt davon und folgte den Gartenwegen in Richtung Innenhof. Ich blickte ihm hinterher, unheimlich erregt und allein – und verwirrter, als ich mir eingestehen wollte.

# 14

*Ren*

Die Feierlichkeiten hatten bis tief in die Nacht hinein angedauert. Anschließend war ich in die Räumlichkeiten gebracht worden, die für die Drachenwandlerinnen vorgesehen waren. Es war eine Erleichterung, am nächsten Morgen aus dem eleganten Eichenholz-Schlittenbett zu steigen und einen privaten Speisesaal zu haben, wo ich vorerst niemand Fremdem begegnen musste. Der große, weiß getäfelte Raum lag versteckt zwischen dem Drachenwandlerinnen-Quartier und den Unterkünften der Alphas, und durfte von niemandem sonst benutzt werden.

Als ich hereinkam, saß Nate bereits an dem polierten Teakholztisch und genoss sein Frühstück, das aus pochierten Eiern, Speck, Toast und frisch geschnittenem Obst bestand. Die Mischung aus süßen und herzhaften Gerüchen ließ mir das Wasser im Mund zusammenlaufen. Aaron stand an dem breiten Fenster, von dem aus man einen Blick auf das Meer hatte, und hielt eine Tasse Kaffee in der Hand. Er wandte seinen Blick von den tosenden Wellen ab und lächelte mich an.

„Hast du gut geschlafen, Serenity?"

„Sieht so aus, als hätte ich schon den halben Vormittag verpasst, also würde ich sagen, ja." Ich ging zum Buffet, auf dem verschiedene Platten angerichtet waren. Mann, wo sollte ich nur anfangen? Mein Magen knurrte. „Ein schönes Anwesen hast du hier."

Aaron lachte. „Die Lorbeeren gebühren nicht wirklich mir. Das Anwesen wurde seit jeher von Alpha zu Alpha weitergegeben. Aber es ist ein netter Bonus, der mit der Verantwortung einhergeht."

Nate klopfte auf den Platz neben sich, als ich mit einem großen Teller darauf zuging. „Von hier aus hat man den besten Blick aufs Meer."

„Oder sagst du das nur, um mich in deiner Nähe zu haben?", stichelte ich.

Zu meiner Erleichterung grinste der Bärenwandler. Seit ich ihm gesagt hatte, dass er seinen Beschützerinstinkt zügeln sollte, war die Stimmung zwischen uns etwas angespannt gewesen und ich wollte nicht, dass er dachte, ich würde einen Groll hegen. Außerdem hoffte ich sehr, dass er das ebenso wenig tat. Als ich mich auf den Stuhl neben ihm setzte, wirkte er ein wenig zögerlich, aber warmherzig.

„Ich kann nicht leugnen, dass das ein zusätzlicher Vorteil ist", meinte er. Unsere Beine berührten sich unter dem Tisch, und sein Grinsen wurde breiter.

Ich hoffte zwar, dass er sich meine Worte darüber, wie er mich behandeln sollte, zu Herzen nahm, aber ich *begehrte* ihn trotzdem. Er strich mit seiner Hand über meinen Oberschenkel und drückte mein Knie auf eine Art, die unverfänglich gewirkt hätte, wenn mich dabei nicht ein Blitz der Begierde durchschossen hätte. Ich wollte ihn wirklich, und ich hatte keinen Zweifel daran, dass es ihm genauso ging.

Aarons Bemerkung über die Alpha-Erbfolge weckte jedoch Erinnerungen an die letzte Nacht. An das tiefe Unbehagen, das ich bei meinen anderen Alphas empfunden hatte. Zuerst war da dieses seltsame Gespräch zwischen Marco und seinen Leuten gewesen, das ich gehört hatte. Und dann das Intermezzo mit West, das irgendwie völlig schiefgelaufen war. Ich hatte immer noch keine Ahnung, warum er so aufgebracht gewesen war. Doch seine Worte waren mir im Gedächtnis geblieben, besonders nach der Sache mit Marco.

*Ich habe meine Position als Alpha die ganze Zeit über weiter erfüllt, und ich werde es verdammt noch mal auch weiterhin tun, ob ich deine Bedingungen akzeptiere oder nicht.*

Aaron hatte einmal erwähnt, dass er seine Position als Alpha verteidigen hatte müssen. Andere Vogelwandler, die ihre Chance auf die Rolle als Anführer gewittert hatten, hatten ihn herausgefordert. Ich war zu sehr mit dem Geheimnis meiner Mutter beschäftigt gewesen, um mir darüber Gedanken zu machen, wie mein Wiederauftauchen die Machtverhältnisse für die Jungs verändern würde.

Ich tauchte die Ecke meines Toasts in das flüssige Eigelb und nahm einen Bissen, doch jetzt wirbelten meine Gedanken wie wild durcheinander. Ich konnte es nicht abstellen. Warum sollte ich auch? Ich *sollte* über die Gestaltwandler herrschen. Also sollte ich auch alle Aspekte verstehen.

Aaron kam auf mich zu und setzte sich mir gegenüber. Ich blickte ihn an. „Wirst du jetzt eher als Alpha respektiert, nun da ich hier bin? Und da wir offiziell Gefährten sind? Ich meine, werden dich die Leute jetzt nicht mehr herausfordern oder so?"

Er nickte und sah mich mit seinen strahlend blauen Augen an. „Ein Großteil des Aufruhrs in der Gestaltwandler-Gemeinschaft war darauf zurückzuführen, dass es keine Drachenwandlerin gab, die für das übliche Gleichgewicht gesorgt hat. Wenn die Leute sehen, dass du hier bist und diese Rolle einnimmst, werden sie nicht mehr so unruhig sein." Sein Tonfall wurde spöttisch. „Und einige werden es zu meinem Vorteil auslegen, dass du mich akzeptiert hast."

„Ich nehme an, das gilt für alle Sippen."

Nate hob den Kopf, seine Miene war besorgt. „Deswegen brauchst du dir keine Sorgen zu machen, Ren. Du bist hier. Du bist so lange bei uns, wie du dich wohl fühlst. Keiner sollte dich zu irgendetwas drängen. Wir werden alle Herausforderungen bewältigen."

Nur, dass Marco mich irgendwie gedrängt hatte, oder? Obwohl er behauptet hatte, dass er es nicht tun würde. Ich spießte ein Stück Speck auf, führte die Gabel jedoch nicht zum Mund.

„Ich weiß", sagte ich. Ich wollte den Jaguarwandler nicht direkt beschuldigen. Wie sollte ich das formulieren? „Ich habe gehört, wie Marco gestern mit einigen Katzenwandlern gesprochen hat. Es klang, als wären viele von ihnen unruhig. Deswegen frage ich mich, ob er mehr Probleme hat als der Rest von euch?"

Nate gab ein brummendes Geräusch von sich. „Katzenwandler mögen es im Allgemeinen nicht, von jemandem beherrscht zu werden. Sie sind immer etwas streitlustig."

„Außerdem ist Marco der Jüngste von uns", sagte Aaron. „Er war erst zehn Jahre alt, als der Alpha vor ihm gestorben ist. Und wie du wahrscheinlich schon bemerkt hast, kann er ein wenig … provokant sein."

„Er hat eine große Klappe", murmelte Nate. „Zieht immer alles ins Lächerliche."

Aaron gluckste. „Ich glaube, er macht sich mehr Sorgen, als er sich anmerken lassen will. Aber ja, genau das habe ich gemeint."

Marco war es jedenfalls sehr wichtig, Alpha zu bleiben. Ich kaute und schluckte, doch mir war der Appetit plötzlich vergangen. Mein Magen hatte sich verkrampft.

„Marco hat sich allerdings die ganze Zeit über gut geschlagen", fügte Nate hinzu und drückte noch einmal kurz mein Knie. „Du musst dir keine Sorgen um ihn machen."

Bevor ich mich entscheiden konnte, ob ich noch etwas dazu sagen wollte, klopfte es an der Tür. „Neuigkeiten von den Feen, Sir", rief eine Stimme.

Aaron richtete sich auf. „Herein", sagte er. „Egal, was es ist, jeder hier kann es hören."

Ein großer, schlaksiger junger Mann, der an einen Reiher erinnerte, betrat den Raum. Er machte eine kurze Verbeugung vor seinem Alpha. „Die Königin hat Eurer Bitte um eine Audienz stattgegeben", sagte er. „Sie ist einverstanden, sich morgen Mittag auf neutralem Boden mit Euch und Euren Begleitern zu treffen.“

„Hat sie sonst noch etwas gesagt?“, fragte Aaron.

Der Reiherwandler schüttelte den Kopf. „Sie schien nicht sonderlich überrascht zu sein, dass Ihr um eine Audienz gebeten habt.“

Weil sie uns bereits erwartet hatte, wie West vermutet hatte? Mein Magen verkrampfte sich noch mehr. Meine Finger umklammerten die Gabel, als ich den plötzlichen Impuls verspürte, das Tafelsilber einzustecken, als ob ich dadurch mehr Kontrolle über die Situation erlangen könnte. Ich hatte meine diebische Vergangenheit noch nicht ganz hinter mir gelassen.

Als der Bote weg war, drehte ich mich wieder zu Aaron um. „Ist es das, was du erwartet hast?“

„Die Verzögerung um einen Tag ist keine Überraschung“, erwiderte er. „Sie will nicht übermäßig entgegenkommend erscheinen. Abgesehen davon ist es selbst an den besten Tagen ziemlich schwer, die Feen zu durchschauen. Aber ich sehe keine Warnzeichen.“ Sein Blick wurde nachdenklich. „Hat dich unser Wolfsalpha nervös gemacht?“

„Er traut den Feen nicht. Ich würde ihn für paranoid halten, wenn ich nicht das Gefühl hätte, dass er einen guten Grund dazu hat. Wo ist West eigentlich?“ Ich vermutete, dass Marco wie immer ausschlief, für West war es allerdings untypisch, den Tag so spät zu beginnen.

Nate deutete auf das Fenster. „Als ich reinkam, hat er sich gerade rausgeschlichen. Wahrscheinlich patrouilliert er auf dem Gelände.“

Aaron zuckte mit den Schultern. „Wenn er sich

dadurch wohler fühlt. Der Umgang mit den Feen *ist* schwierig. Aber wir alle stehen dir in dieser Sache bei, Serenity."

Mit jedem Mal gewöhnte ich mich mehr daran, meinen vollen Namen zu hören. Er erinnerte mich daran, dass ich nicht mehr der Teenager war, der auf der Straße lebte und stehlen musste, um über die Runden zu kommen. Ich hatte meinen Platz gefunden. Und genau wie die Alphas würde auch ich meine Position mit allen Mitteln verteidigen.

Mein Hunger war mit einem Mal komplett verschwunden. Ich würgte noch ein paar Bissen Toast hinunter, bevor ich aufstand. „Ist für heute irgendetwas geplant? Oder kann ich mich einfach nur umsehen?"

„Bleib auf dem Grundstück, es sei denn, einer von uns begleitet dich", sagte Aaron. „Für heute Abend ist ein feierliches Abendessen angesetzt, bei dem du die Vertreter vieler mächtiger Vogelwandler-Familien kennenlernen wirst. Bis dahin kannst du dich nach Lust und Laune amüsieren. Ich muss mich um ein paar Verwaltungsangelegenheiten kümmern, aber ich werde später nach dir sehen."

Die Wärme in seinem Blick erinnerte mich daran, wie ich mich mit ihm amüsiert hatte. Gestern Abend war ich zu erschöpft gewesen, um an etwas anderes zu denken, als in mein Bett zu fallen. Dabei gäbe es hier so viele Möglichkeiten … Die riesige Matratze war groß genug, dass wir problemlos zu fünft darauf Platz hätten.

„Ich freue mich schon darauf", sagte ich und wackelte mit den Augenbrauen. Die Wärme in seinem Blick verwandelte sich sofort in ein Glühen. Oh ja, ich freute mich schon sehr darauf.

Außerdem freute ich mich darauf, den Rest des Anwesens zu erkunden. Gestern Abend hatte ich nur den Innenhof und den Garten gesehen.

Ich durchquerte mein Quartier und trat in einen der Hauptsäle des Hauses. Die Meeresbrise erfüllte den Raum mit einem frischen salzigen Geruch und kühlte die Sommerhitze ab. Die weiß getünchten Wände, die Teakholzböden und die großen Fenster in dem offenen Raum vermittelten mir das Gefühl, ein riesiges – und exklusives – Strandhaus betreten zu haben. Das Alphadasein brachte in der Tat gewisse Vorzüge mit sich.

Ich war noch nicht weit gekommen, als Marco vor mir auf den Flur trat. Mit seinem üblichen verschmitzten Grinsen schlenderte er auf mich zu.

„Guten Morgen, Prinzessin."

Ich wollte lächeln und so tun, als wäre alles in Ordnung. Mir schwirrten allerdings noch immer so viele Fragen im Kopf herum, dass ich erstarrte, als er mich mit seinen indigoblauen Augen ansah. Der Jaguarwandler legte den Kopf schief. „Ist alles in Ordnung, Ren?"

Dies war nicht der beste Ort für eine Konfrontation. Doch im Moment war niemand anderes in Sicht. Und ich wollte in kein Privatzimmer mit ihm gehen, bevor ich nicht ein paar Antworten hatte. Ich richtete mich auf und hob mein Kinn.

„Ich weiß nicht", sagte ich. „Ich hatte den Eindruck, dass vielleicht bei dir und deiner Sippe nicht alles in Ordnung ist. Du hast gestern nicht besonders glücklich ausgesehen, als du mit ihnen gesprochen hast."

„Ach, das." Marco winkte meine Besorgnis mit einer flinken Handbewegung ab. „Ein paar Probleme mit den Vampiren, die bald behoben sein werden. Die Blutsauger lieben es, für Aufsehen zu sorgen. Ich habe die Delegation losgeschickt, damit sie sich darum kümmert, bevor sie den Vogelwandlern auf die Nerven geht."

„Ah", sagte ich. Natürlich gab er die anderen Dinge, über die sie gesprochen hatten, nicht direkt zu. Ich hielt inne und zwang mich dann, weiterzusprechen. „Ich habe darüber nachgedacht, was du neulich Abend gesagt hast. Darüber, wie viel ich dir bedeute. Wie sehr du dir wünschst, unser gemeinsames Leben zu beginnen."

Begierde blitzte in Marcos Augen auf. Er machte einen Schritt auf mich zu und senkte die Stimme. „Und zu welchem Schluss bist du gelangt?"

Ein Teil meines Körpers reagierte immer noch genauso auf ihn, so wie er es immer getan hatte. Meine Finger sehnten sich danach, durch sein dunkles Haar zu fahren, meine Lippen wollten seine spüren. Doch ein anderer Teil von mir, der mein Herz fest umklammerte, sträubte sich gegen seine Begierde. Denn worauf war er *wirklich* aus?

Ich holte tief Luft, während ich ihm weiterhin fest in die Augen sah. „Ich habe mich gefragt, ob du das alles wirklich ernst meinst, oder ob es dir nur wichtig ist, mit mir zusammen zu sein, damit du dich besser als Alpha behaupten kannst."

Marcos Kiefer zuckte. Das Leuchten in seinen Augen erlosch. Er brachte ein Kichern zustande, aber es waren keine meiner übernatürlichen Fähigkeiten nötig, um zu erkennen, dass es sich gezwungen anhörte. Er schlug seinen üblichen lockeren Ton an. „Prinzessin, wenn dir jemand Geschichten erzählt hat–".

Er log einfach weiter. Mein Temperament flammte auf, angeheizt durch das Brennen des Verrats, das sich in meiner Brust ausbreitete. „Ich habe es gestern Abend direkt aus deinem Mund gehört", schnauzte ich. „Du redest über mich, als wäre ich ein Auftrag, den du ausführen musst, eine Trophäe, die du dir vor den anderen schnappen willst. Also tu nicht so, als ob du keine Ahnung hättest, wovon ich spreche."

Marco schien ausnahmsweise einmal sprachlos zu sein. Seine Lippen öffneten sich und blieben einfach so, während er mich anstarrte. Ich nahm die Panik und die Schuldgefühle so deutlich wahr, als wären sie in Großbuchstaben auf seine Stirn geschrieben.

Ich biss die Zähne zusammen, als Schmerz in mir aufstieg. Es stimmte also. Ich ließ ihm nicht einmal die Gelegenheit, sich zu erklären.

„Ich bin kein Katzenspielzeug", sagte ich, „also glaub nicht, dass du mich wie eines behandeln kannst."

Damit drehte ich mich um und stürmte in die entgegengesetzte Richtung, bevor die Tränen aus mir hervorbrachen.

# 15

Der letzte Raum, in den ich Serenity führte, war die Bibliothek. Sie sog scharf die Luft ein, als sie die Bücherregale, die an jeder Wand vom Boden bis zur Decke reichten, die Sofas und Sessel auf dem hochflorigen Teppich und den Meerblick aus den beiden hohen Fenstern begutachtete.

Ich lächelte voller Stolz. Auch wenn ich nicht den ganzen Ruhm für dieses Haus einheimsen konnte, hatte ich mir Mühe gegeben, es so einladend wie möglich zu gestalten.

„Und lass mich raten", sagte meine Drachenwandlerin und deutete auf die vollen Regale. „Du hast jedes Einzelne davon gelesen."

Ich lachte. „Wohl kaum. Aber zwischen den Treffen mit meinen Beratern habe ich viel Zeit hier verbracht, als ich in meine Rolle hineingewachsen bin. Ich hatte keinen

Senior-Alpha, der mich direkt anleiten konnte, also habe ich versucht, mich an den Büchern zu orientieren, die die Alphas vor mir im Laufe der Jahrzehnte angesammelt haben."

„Früher, als meine Mutter noch gelebt hat, habe ich viel gelesen", sagte sie. „Die Bibliothek war eine gute Anlaufstelle, um für eine Weile aus der Wohnung herauszukommen. Dort hat mich niemand genervt und ich war ungestört. Doch als sie wegging und ich auf der Straße landete …"

Ein Schatten huschte über ihr Gesicht. Ich wünschte, ich könnte ihn mit meiner Hand wegwischen. Sie sprach nicht gerne über die Jahre nach dem Verschwinden ihrer Mutter, doch jedes Mal, wenn sie es tat, konnte sie nicht verbergen, wie tief sie das Erlebnis verletzt hatte.

Aber sie heilte. Mit jeder Kraft, die sie in sich entdeckte, mit jedem Stückchen, das sie uns an sich heranließ, wurde sie wieder zu der Frau, die sie sein sollte.

„Hier kannst du dich zurückziehen, wann immer du willst", versicherte ich ihr. „Das Haus gehört dir genauso wie mir."

Sie senkte kurz den Kopf, als wäre es ihr peinlich. Dann lächelte sie mich vertrauensvoll an. Der Stolz, der meine Brust jetzt anschwellen ließ, galt ihr. Gefolgt von dem Wunsch, ihr zu zeigen, wie sehr ich sie anbetete, und zwar auf jede erdenkliche Weise an einem dieser Regale.

Die Uhr auf dem Kaminsims schlug. Für diese Art von Ablenkung war jetzt keine Zeit. Ich nahm ihre Hand und genoss es, dass sie ihre schlanken Finger automatisch mit meinen verschlang.

„Wir sollten zurück in dein Quartier gehen, damit du dir ein Kleid für das Abendessen aussuchen kannst. Die Leute werden erwarten, dass wir uns alle ein wenig herausputzen."

Ihre Lippen kräuselten sich. „Willst du damit sagen, dass Jeans und T-Shirt keine Option sind? Na schön, na schön. Ich habe nichts gegen Kleider. Machen wir eine echte Prinzessin aus mir."

Doch als wir Hand in Hand zurück zu meinem Quartier schlenderten, huschte erneut ein Schatten über ihr Gesicht. Ihre Finger umklammerten meine Hand. Als sie nichts sagte, warf ich ihr einen Blick zu. „Hast du etwas auf dem Herzen? Du kannst mir alles sagen, das weißt du, oder?"

„Ich weiß." Sie lächelte mich verschmitzt an. „Keine Sorge, es hat nichts mit dir oder deinem tollen Haus zu tun. Aber ich will im Moment nicht darüber sprechen. Wenn ich bereit dazu bin, bist du der Erste, dem ich mich anvertrauen werde."

Mehr konnte ich nicht verlangen. „Na gut." Ich führte sie durch ihr Wohnzimmer und in das gigantische Schlafzimmer, in dem schon Generationen von Drachenwandlerinnen residiert hatten, wenn sie das Anwesen der Vogelwandler besucht hatten. Neben der Tür, die in ein privates Badezimmer führte, stand ein Bett, das groß genug für eine Drachenwandlerin und vier Alphas war, und mehrere riesige Kleiderschränke aus Teakholz. Ich ging auf einen der Schränke zu und riss ihn auf.

„Die Drachenwandlerinnen haben meist die gleiche

Größe", sagte ich. „Einige der Kleidungsstücke hier könnten ein bisschen zu klein oder zu groß sein, aber wir können dir jederzeit etwas maßschneidern lassen."

Serenity tauchte hinter mir auf. Ihre Augen weiteten sich. Sie betastete die bunten Seiden- und Satinstoffe, und ein Kichern entwich ihr. „Ich fühle mich wie ein Kind im Süßigkeitenladen."

Ich gluckste. „Lass dir Zeit. Such dir was aus, in dem du dich wie eine Prinzessin fühlst."

Ich trat zurück, während sie den Kleiderschrank durchstöberte. Sie zog ein paar Kleider heraus und warf sie aufs Bett. „Du meintest, ich würde einige prominente Vogelwandler kennenlernen", sagte sie. „Heißt das, es gibt Gestaltwandler-Familien, die mehr Macht haben als andere?"

„Genauso wie in jeder anderen Gemeinschaft auch", erklärte ich. „Manchmal sind es die Familien früherer Alphas, manchmal hat es etwas damit zu tun, wer am besten gekämpft oder in vergangenen Krisenzeiten am meisten beigetragen hat … Sie haben zwar keine offizielle Autorität, aber der Rest meiner Sippe hört eher auf sie als auf andere. Also versuche ich, sie bei Laune zu halten, solange das nicht bedeutet, alle anderen unglücklich zu machen. Du wirst heute Abend auch einen Teil meiner Familie kennenlernen. Meine Schwester sollte pünktlich zum Abendessen hier sein."

Ren sah mich an, als sie den Schrank schloss, die letzte Auswahl über ihren Arm gehängt. „Du hast eine Schwester?"

„Alice. Sie ist zwei Jahre jünger als ich. Und doppelt so stark." Ich grinste. „Als wir Kinder waren, hat sie sich selbst zu meiner inoffiziellen Leibwächterin ernannt. Und nach all ihrem Kampfsporttraining hat sie sich diesen Titel auch verdient. Ich denke, ihr beide werdet euch gut verstehen. Und sie wird auf dich ebenso gut aufpassen wie auf mich."

„Ich freue mich schon darauf, sie kennenzulernen." Sie ging zum Bett und warf das letzte Kleid zu den anderen. „Und jetzt sollten wir uns fertig machen."

~

*Ren*

Ich strich über den glatten Stoff der Kleider und versuchte, den Moment zu genießen, was mir jedoch schwerfiel. Marcos schuldbewusster Gesichtsausdruck nagte schon den ganzen Tag an mir.

Ich hatte ihm vertraut. Ich hatte gedacht, ich könnte es, weil er mein Gefährte war, weil wir eine Verbindung hatten, auch wenn sie noch nicht offiziell vollzogen war. Doch offenbar empfand er diesbezüglich anders. Ihm lag nichts an mir persönlich. Für ihn war ich nur ein Mittel zum Zweck.

Aaron legte seine Hände auf meine Schultern und ließ sie auf und ab gleiten. Seine Berührung holte mich in die Gegenwart zurück. Er fragte nicht noch einmal, was los war, obwohl ihm wahrscheinlich nicht entgangen war, dass ich wieder nachdenklich geworden war.

Wenigstens hatte ich ihn. Er sorgte sich um mich. Er

glaubte an mich. Ich konnte auf ihn zählen, während ich dabei war, herauszufinden, wie es mit meinen anderen Gefährten weitergehen sollte.

„Würdest du mir bitte helfen?", fragte ich und ließ ein wenig Wärme in meine Stimme sickern.

Aaron hob die Augenbrauen, und seine Augen blitzten. „Das ist eine Einladung, die ich nicht ausschlagen kann", murmelte er.

Ich hob meine Arme, und er zog mir das T-Shirt aus. Dann legte er seine Hände auf meine nackte Taille und beugte sich über meine Schulter. Sein Atem kitzelte an meinem Schlüsselbein. „Also, mit welchem sollen wir anfangen?"

Meine Brustwarzen kribbelten in meinem BH. Ich widerstand dem Drang, die Kleider zu vergessen und ihn einfach an mich zu ziehen. Stattdessen betrachtete ich die Kleider, die ich ausgesucht hatte.

Jetzt, wo ich sie vor mir liegen sah, erschien mir das schwarze Kleid zu spießig. Ich wollte nicht aussehen, als würde ich zu einer Beerdigung gehen. Ich griff nach dem lavendelfarbenen Seidenkleid, das mir ins Auge gefallen war. „Wie wäre es damit?"

„Darin wirst du bestimmt hinreißend aussehen."

Aaron griff um mich herum und öffnete den Knopf meiner Jeans. Er zog sie herunter, und ich schlüpfte heraus. Als er mit seinen Fingern über meine Haut fuhr, stockte mir der Atem.

Ich schlüpfte in das Kleid und wartete, bis er den Reißverschluss am Rücken geschlossen hatte. Dann begleitete er mich zu dem Ganzkörperspiegel, der zwischen zwei Schränken an der Wand hing. Der silberne Rahmen glänzte fast genauso wie das Glas.

Ich sah jetzt definitiv nicht mehr wie ein Mädchen von der Straße aus. Stattdessen blickte mir eine Frau entgegen. Die Seide schmiegte sich an meinen schlanken Körper und umspielte meine Beine wie Wasser. Der Lavendelton passte gut zu meinem dunkelbraunen Haar. Doch irgendetwas daran fühlte sich nicht ganz richtig an.

Ich ging zurück zum Bett und zog das Kleid aus. Dann griff ich nach dem Goldenen in der Mitte. Das gestickte Blattmuster an Schultern und dem Mieder verlieh ihm etwas mehr Struktur, und mir gefiel das schwache, abgestimmte Muster, das in den Satinstoff eingearbeitet war.

„Ebenfalls eine ausgezeichnete Wahl", sagte Aaron lächelnd.

Der Reißverschluss des Kleides war an der Seite, aber er half mir trotzdem beim Anziehen. Als sich der Stoff an meine Haut schmiegte, überkam mich ein Gefühl der Gewissheit. Ich ging zurück zum Spiegel, die kleine Schleppe des Kleides raschelte hinter mir über den Boden.

Mir stockte der Atem, als ich mein Spiegelbild erblickte. Der goldene Stoff betonte meine bernsteinfarbenen Augen und ließ sie wie kleine Flammen aussehen. Der Schnitt war bis zur Hüfte eng, bevor der Stoff auf der Höhe meiner Oberschenkel auseinanderfloss und meiner Figur ein wenig mehr Rundung verlieh. Ich sah königlich aus. Mächtig.

Ich sah nicht wie eine Prinzessin aus, sondern wie eine *Königin*. Wehe dem, der sich mit dieser Drachenwandlerin anlegte.

Instinktiv hob ich mein Kinn. Aarons Lächeln wurde breiter. „Dieses?", fragte er.

Ich musste die anderen nicht einmal mehr probieren. „Das ist es", bestätigte ich.

Er zog mich an sich. Seine Hände, die über dem weichen, glatten Stoff strichen, fühlten sich wunderbar an. Genau wie seine Lippen auf meinen.

Wir küssten uns lange und innig. Ich verschränkte meine Arme hinter seinem Nacken und er neigte seinen Kopf, um den Kuss zu vertiefen. Als ich an seinem Mund keuchte, ließ er seine Hände stöhnend seitlich an meinem Körper hinaufgleiten und streichelte meine Brüste.

„Du siehst fantastisch darin aus", murmelte er. „Trotzdem würde ich es dir jetzt am liebsten ausziehen."

„Eigentlich sehe ich da kein Problem."

Er schnitt eine Grimasse an meiner Wange. „Ich treffe mich in ein paar Minuten mit meinen Beratern, um die neuesten Entwicklungen zu besprechen, bevor das Abendessen beginnt. Außerdem muss ich mir einen Plan für unsere Audienz morgen überlegen."

Unsere Audienz bei der Feenkönigin. Bei diesem Gedanken kühlte mein Verlangen sofort ab. Ich trat einen Schritt zurück und sah ihm in die Augen. „Glaubst du, ein Treffen von Angesicht zu Angesicht könnte gefährlich sein?"

Er umfasste mein Gesicht und strich mit seinem Daumen beruhigend über meine Schläfe. „Sie haben uns auf dem Berg nicht direkt angegriffen. Wir können ihnen nicht trauen, aber sie sind an ihr Wort gebunden, an die Verträge, denen sie zugestimmt haben – in einem magischen Sinn. Wir müssen nur aufpassen, dass sie kein

Schlupfloch finden, so wie damals, als sie die Abtrünnigen für ihre Zwecke ausgenutzt haben. Die gesamte Gestaltwandler-Gemeinschaft wird wissen, dass wir auf neutralem Boden mit ihnen sprechen. Sie können uns nicht angreifen, ohne sich selbst schrecklich großes Leid zuzufügen.“

Er klang nicht übermäßig besorgt. Und da das Reich der Feenkönigin direkt nebenan lag, konnte er das Risiko wahrscheinlich gut einschätzen.

Ich holte tief Luft, unsicher was mich nervöser machte: das Treffen mit den einflussreichen Gestaltwandlern heute Abend oder die Audienz bei der Feenkönigin morgen.

„Du schaffst das“, fügte Aaron hinzu. „Und wir werden dir zur Seite stehen, so wie immer.“

Ich nickte nur, da ich vor Rührung kein Wort herausbekam. Wieder zog er mich an sich. Diesmal küsste er mich sanfter und gleichzeitig irgendwie leidenschaftlicher. Als wollte er mit der Berührung seiner Lippen all seine Hingabe zum Ausdruck bringen. Ich küsste ihn hungrig zurück. Ich brauchte dieses Gefühl und ich wollte es ihn ebenfalls spüren lassen.

Konnte ich das nach nur ein paar Wochen wirklich Liebe nennen? Ich wusste nicht, wie ich dieses glückselige Glühen sonst beschreiben sollte, das mich erfüllte, als ich in den Armen meines Adlerwandlers lag.

Als Aaron sich von mir löste, leuchteten seine Augen, als hätte er gehört, was ich mir nicht erlaubt hatte, laut auszusprechen. „Ich muss jetzt wirklich gehen. Aber wir sehen uns bald beim Abendessen. Gleich hinter unserem privaten Speisesaal gibt es eine Terrasse mit Blick auf den

Ozean. Vielleicht hast du Lust, sie dir anzusehen. Ich finde es dort immer sehr beruhigend. Ich schicke jemanden, der dich abholt, wenn es so weit ist."

So angespannt, wie meine Nerven waren, könnte etwas Ruhe genau das sein, was ich brauchte. „Danke", sagte ich. „Das werde ich machen."

# 16

*Ren*

Die Sonne ging gerade über dem Meer unter und das Wasser glitzerte im Licht der letzten Strahlen.

Ich ging über die Steinfliesen zum Geländer, das die private Terrasse umgab, und atmete den Duft des Ozeans ein, der von der Brise zu mir herübergeweht wurde. Es war schwer, bei dieser herrlichen Kulisse und dem beruhigenden Rauschen der Wellen unruhig zu bleiben. Ich war eine Drachenwandlerin. Die letzte Drachenwandlerin, die es gab. Jeder, der versuchte, sich mit mir anzulegen, traf die schlechteste Entscheidung seines Lebens.

Meine Finger umschlossen die kühle Marmoroberfläche des Geländers und ich hob meinen Kopf. Der Wind fuhr durch mein Haar und den wallenden Rock meines Kleides. Und ich spürte, wie mich auch die Kraft meines Erbes durchströmte, während die kleine Flamme der Macht, zu der Mom mich geführt hatte, in den Tiefen meiner Brust flackerte. Wohin würde mich das alles führen?

Auf einmal verspürte ich den intensiven Drang, über das Geländer zu springen und zum Strand zu gehen. Ich könnte es tun. Der sandige Abhang unter mir sah ein wenig uneben aus, aber ich könnte darauf landen.

Doch, obwohl der Drang immer stärker wurde, wusste ich, dass dieser Sprung mir nicht denselben Rausch verschaffen würde wie all die Sprünge zuvor. Denn jetzt wusste ich, wie es war, *wirklich* zu fliegen. Nichts war damit vergleichbar.

Eines Tages würde ich es schaffen, stundenlang in meiner Drachengestalt zu bleiben. Dann würde ich so weit fliegen, wie meine Flügel mich tragen konnten. Eine sehr verlockende Vorstellung.

Ich hatte meine Handtasche mitgenommen. Mein Handy vibrierte, als eine Nachricht einging. Noch bevor ich es herauszog, wusste ich, dass es Kylie sein musste. Meine beste Freundin war die Einzige, die diese Nummer hatte. Sonst gab es niemanden in meinem Leben, dem ich genug vertraute, um mit ihnen in Kontakt zu bleiben … außer den Jungs, und von ihnen war ich bisher noch nie getrennt gewesen.

Wie würde es wohl sein, wenn wir uns trennen mussten? Sie würden ihren Pflichten als Alphas nachgehen müssen. Manchmal würden sie auf verschiedenen Anwesen sein, und ich konnte nicht bei allen gleichzeitig sein. Trotz all der Ungewissheit, die uns umgab, sehnte sich ein Teil von mir danach, sie in meiner Nähe zu haben.

All diese verrückten Gefühle mussten doch leichter zu

bewältigen sein, wenn ich mich erst einmal an diese Situation gewöhnt hatte, oder?

*Wie läuft es so im königlichen Gestaltwandlerland?*, hatte Kylie geschrieben. Ich lächelte und lehnte mich gegen das Geländer, während ich meine Antwort tippte.

*Heute steht ein großes, schickes Abendessen steht an. Du kannst dir nicht vorstellen, was für ein Kleid ich trage.*

*Ren in einem Kleid!!! OMG, ich kann nicht glauben, dass ich das verpasse. Mach ein Foto. Das ist ein Befehl.*

Ich lachte und hielt das Handy hoch, um so viel wie möglich von dem Kleid auf das Selfie zu bekommen. Als ich es ihr schickte, antwortete Kylie mit einem Selfie von ihrem Gesicht, die Augen weit aufgerissen.

*Du siehst fantastisch aus, Ren. Deine vier Alphas werden alle Hände voll zu tun haben, alle anderen Männer bei dem Essen abzuwehren.*

*Ich glaube nicht, dass die Leute zu diesem Abendessen kommen, um Frauen aufzureißen*, schrieb ich zurück. *Anscheinend geht es eher darum, eine Menge ernster politischer Angelegenheiten zu besprechen. Die Oberhäupter der großen Gestaltwandler-Familien werden da sein. Ich nehme an, sie wollen sichergehen, dass ich wirklich echt bin und dass Aaron sich nicht nur ausgedacht hat, dass sie mich endlich gefunden haben.*

*Du bist also wirklich wichtig, hm?*

*Ja.* Ich hielt inne und dachte mit einem mulmigen Gefühl im Bauch an mein Gespräch mit Marco heute Morgen. *Anscheinend werden die Gestaltwandler eher akzeptiert, wenn sie eine Drachenwandlerin als Gefährtin haben. Wahrscheinlich haben sie das gemeint, als sie gesagt haben, dass ich alle Sippen vereinen soll. Das ist eine große Verantwortung.*

*Aber sie werden dir beistehen. Du schaffst das schon. Du glaubst doch nicht, dass du noch in Gefahr bist, oder? Jetzt, wo du dich um diese abtrünnigen Mistkerle gekümmert hast?*

Das mulmige Gefühl wurde stärker. Ich wollte ihr nicht von der anhaltenden Bedrohung erzählen – oder davon, wie nervös ich vor dem morgigen Treffen mit der Feenkönigin war. *Nicht unmittelbar, wie es scheint. Ich weiß nicht, was auf mich zukommt. Ich bin immer noch dabei, mich daran zu gewöhnen, eine Drachenwandlerin zu SEIN. Seit meine Mutter verschwunden ist, gab es eine Menge Konflikte unter den einzelnen Sippen, und ich weiß noch nicht einmal die Hälfte davon.*

*Pass gut auf dich auf. Es spielt keine Rolle, was sie von dir wollen. Du musst zuerst an dich selbst denken. Und wenn jemand ein Problem damit hat, schickst du ihn zu mir und ich werde ihn in seine Schranken weisen.*

Ich musste lächeln. Ich wette, das würde sie tatsächlich tun. Kylie hatte mir immer den Rücken gestärkt – selbst bei all dem übernatürlichen Chaos, das über uns hereingebrochen ist.

*DIR geht es doch inzwischen wieder gut, oder?,* fragte ich. *Hast du dich von dem Angriff im Gestaltwandlerdorf erholt?*

*Oh ja, ich bin jetzt in Topform. Was auch immer diese Gestaltwandler getan haben, als sie die Wunden versorgt haben, hat die Schnitte so schnell heilen lassen, dass ich nicht glauben würde, dass ich zerfleischt wurde, wenn ich nicht selbst dabei gewesen wäre. Vielleicht bleiben ein paar Narben zurück, aber das ist okay. Dadurch sehe ich noch knallharter aus.*

*Wie schön, dass dir dein Beinahe-Tod dein Image nicht versaut hat.*

*Hey, es braucht schon mehr als ein paar mordlustige Werwölfe, um mich fertig zu machen.*

Allerdings. Als ich mir Kylie mit ihrem immerwährenden Lächeln, ihrer zierlichen Figur und mit ihrem knalligen neonpinken Pixie-Haarschnitt vorstellte, überkam mich ein Anflug von Heimweh.

*Sobald es sich irgendwie arrangieren lässt, komme ich zurück und besuche dich. Oder vielleicht kannst du mich besuchen. Diese „Anwesen" der Alphas sind beeindruckend.*

*Wie ich schon sagte, wenn du mich mit einem Quartett von Gestaltwandler-Typen verkuppeln willst, dann nur zu!*

*Ich werde es im Hinterkopf behalten.*

Sie schickte ein Kussmund-Emoji. *Ich muss zur Arbeit. Mach ihnen heute beim Abendessen Feuer unterm Hintern. Natürlich nicht wortwörtlich, Drachenkönigin.*

Ich steckte mein Handy weg und wandte mich wieder dem Meer zu. So vieles in meinem Leben war im Moment in der Schwebe, aber es war schön, mir eine Zukunft auszumalen, in der ich einfach mit meiner besten Freundin an einem Ort wie diesem sein konnte, ohne mir Gedanken über Angriffe der Abtrünnigen oder Feenverschwörungen zu machen.

Die Terrassentür öffnete sich knarrend hinter mir. Nates kräftige Gestalt zwängte sich hindurch. In seinem formellen Anzug, der seinen muskulösen Körper unglaublich gut zur Geltung brachte, sah er noch besser aus als sonst. Bei seinem Anblick stockte mir kurz der Atem.

Sein Blick ruhte auf mir, und er schenkte mir ein Lächeln, das fast schüchtern wirkte. Seine Augen glitten über meinen Körper, als er auf mich zuging, aber das Funkeln darin war anerkennend, nicht anzüglich. Offenbar hatte ich eine ähnliche Wirkung auf ihn.

„Tolles Kleid", bemerkte er. „Auch wenn es seine Schönheit der Frau zu verdanken hat, die es trägt."

Ich erwiderte sein Lächeln und bei dem Kompliment wurde mir warm. „Mir gefällt es auch sehr gut. Ich hatte noch nie viel für Kleider übrig, doch ich glaube, ich könnte mich vielleicht daran gewöhnen."

„Ich hätte jedenfalls nichts dagegen." Er lehnte sich neben mir an das Geländer und sein Blick wurde suchend. „Aaron hat mir gesagt, dass ich dich hier draußen wahrscheinlich allein antreffen würde."

Meine Nackenhaare sträubten sich ein wenig. „Du weißt, dass du dir keine Sorgen machen musst, nur, weil ich ein paar Minuten alleine sein will, oder? Denn es geht mir bestens. Ich genieße nur die Aussicht."

Nate hob die Hände. „Das habe ich nicht. Wirklich nicht. Ich bin nicht gekommen, um dich zu suchen, weil ich mir Sorgen gemacht habe. Sondern, weil …" Er neigte den Kopf, sein dichtes kastanienbraunes Haar schimmerte im Sonnenlicht. Er war so groß und kräftig gebaut, dass es mich immer noch erstaunte, wie sanft er wirken konnte.

„Nach dem, was du neulich gesagt hast, als wir gegen die Abtrünnigen gekämpft haben, ist mir klar geworden, dass ich dir vielleicht etwas anvertrauen sollte", sagte er nach einem Moment und rieb sich den Nacken. „Es *entschuldigt* nicht, wie ich mich verhalten habe, aber ich denke, es wird es ein wenig erklären. Und … es ist ein wichtiger Teil von mir. Ich möchte, dass du mich wirklich kennst.“

Die Wärme, die ich vorhin gespürt hatte, breitete sich in meinem ganzen Körper aus. Ich ging einen Schritt auf ihn zu und berührte seinen Ellbogen. „Das möchte ich auch. Tut mir leid, wenn ich vorhin ein bisschen schnippisch war.“

„Ist schon in Ordnung. Ich verstehe, warum.“ Er schenkte mir ein schiefes Lächeln, nahm meine Hand in seine und strich mit dem Daumen über meine Fingerknöchel. Die Berührung jagte mir einen angenehmen Schauer über den Arm.

„Du weißt, dass sich die Tragödie mit deiner Mutter und den ehemaligen Alphas ereignet hat, als wir alle noch sehr jung waren“, sagte er. „Ich war der Älteste von uns vieren, und erst zwölf. Außerdem gab es eine Menge Ungewissheit, weil wir nicht wussten, wo deine Mutter oder du waren, oder was aus dem Leben werden würde, das wir kannten …“

„Ja“, sagte ich leise. „Es muss hart gewesen sein. So viel Verantwortung zu tragen und nicht zu wissen, wie es weitergeht.“

Er nickte. „Ich hatte eine gute Anleitung durch meine Berater. Meine Sippe – wir sind ein wenig verstreut, weil wir zu keiner der größeren Sippengruppen passen, was vielleicht der Grund dafür ist, dass wir nie besonders wettbewerbsorientiert waren. Meistens wollen wir einfach nur, dass jemand den Weg vorgibt und sich alle anderen sich um ihren eigenen Kram kümmern. Ich stehe also nicht unter demselben Druck wie die anderen Jungs, meine Position als Alpha zu verteidigen. Aber ich war mir auch nicht immer sicher, was ich als Alpha tun sollte."

„Ja, natürlich. Das verstehe ich."

„Nun … Als ich siebzehn war und anfing, immer mehr Alpha-Aufgaben zu übernehmen, lernte ich eine Bärenwandlerin kennen, deren Familie auf dem Anwesen arbeitete. Wir haben uns gut verstanden – ich fühlte mich wohl bei ihr und konnte mit ihr über die Entscheidungen reden, die ich treffen musste."

Ich erschauderte. Die Gefährtenbindung zwischen uns schien zu flackern. „Und dann?", fragte ich und schaffte es, meine Stimme ruhig zu halten. Ich hatte gewusst, dass nicht alle Alphas sowohl körperlich als auch seelisch auf mich gewartet hatten. Aber ich war mir nicht sicher, ob ich etwas über irgendwelche früheren Ablenkungen hören wollte.

Nate zögerte. Er musste doch wissen, wie schwer es mir fiel, auch nur daran zu denken, dass er mit jemand anderem zusammen war. „Ein paar Jahre lang waren wir nur Freunde. Dann, nach einer Weile, merkte ich, dass ich mich in sie verliebte. Und sie gestand mir, dass sie dasselbe fühlte. Ich war immer davon überzeugt, dass ich auf die Drachenwandlerin warten würde, mit der ich zusammen sein sollte, aber–".

Tränen stiegen mir in die Augen, noch bevor die Emotionen überhaupt eine Chance hatten, in mir aufzusteigen. Bei dem Gedanken, dass Nate – mein Gefährte – sich für eine andere Frau entscheiden könnte, stockte mir der Atem.

Auch West hatte schon einmal erwähnt, dass er unsere

Bindung beenden könnte, allerdings nur vage. Ich hatte nicht damit gerechnet, dass mich die Vorstellung, dass diese Frau mir Nate beinahe entrissen hätte, so hart treffen würde, doch der Gedanke war unerträglich.

„Ren!", sagte Nate. Er umfasste mein Gesicht mit beiden Händen und lehnte sich dicht an mich heran. Ich schloss meine Augen, um meine Tränen zurückzuhalten. „Es tut mir leid", fuhr er fort, seine Stimme war leise und rau. „Ich bin *hier*. Ich hätte es gar nicht erwähnt, wenn ich nicht denken würde, dass es uns helfen würde, voranzukommen. Es war eine Versuchung und ich war unsicher, aber am Ende habe ich mich für dich entschieden. Ich habe mich nicht mehr mit ihr getroffen – ich habe sie *seit sieben Jahren* nicht mehr gesehen. Ich wusste, dass, egal wie gut es sich mit ihr anfühlte, es mit dir noch besser sein würde."

Ich atmete scharf ein und versuchte, meine Fassung wiederzuerlangen. „Ich bin nicht sauer", stieß ich hervor. „Jedenfalls nicht bewusst. Ich habe nur – meine Gefühle haben mich einfach übermannt–".

„Ist schon in Ordnung. Ich kann mir nicht vorstellen, wie ich mich fühlen würde, wenn *du* mir erzählen würdest, dass du uns für einen anderen Kerl verlassen willst." Er strich mir mit einer Hand über mein Haar und küsste mich auf die Stirn. Ich lehnte mich an ihn, saugte die Wärme seines Körpers und die Stärke seiner Arme auf, als sie mich umschlossen.

„Der Grund, warum ich dir das erzählen wollte", erklärte er weiter, „ist, weil ich will, dass du weißt, dass du für mich immer an erster Stelle gestanden hast. Selbst als ich dich noch nicht kannte und die Versuchung direkt vor meiner Nase hatte. Ich bin so unglaublich glücklich, dich endlich gefunden zu haben, dass … Ich glaube, ich hatte ein wenig Angst, dich zu verlieren, bevor wir überhaupt die Chance hatten, wirklich zusammen zu sein. Und diese Angst hat meinen Beschützerinstinkt geschürt. Ich *weiß*, dass du stark bist. Ich *weiß*, dass du mehr Stärke in dir hast als wir alle. Darauf muss ich vertrauen und darf mich nicht von meinen Sorgen ablenken lassen."

Ich erwiderte seine Umarmung und schmiegte meinen Kopf an seine Schulter. „Danke", sagte ich. „Ich kann deine Gefühle verstehen. Solange du *versuchst*, dich ein bisschen zurückzuhalten …"

„Das werde ich. Ich kann nicht versprechen, dass ich meinem Beschützerinstinkt nie wieder nachgeben werde, obwohl es nicht unbedingt sein muss, aber ich werde mir Mühe geben. Und wenn ich einen Fehler mache und du mich bittest, mich zurückzuhalten, werde ich auf dich hören. Also scheu dich nicht, mich zurechtzuweisen."

Mir entwich ein Kichern und ich wischte die Tränen weg. Das unangenehme Gefühl hatte nachgelassen, doch da war immer noch ein Schmerz. Der Schmerz, zu wissen, dass Nate all diese Jahre allein gewesen war, obwohl er dieses Band der Liebe hätte haben können.

Ich hob meinen Kopf und berührte seine Wange. Nate lächelte, und in seinen dunkelbraunen Augen lag so viel Zuneigung, dass ich keine Sekunde daran zweifelte, dass er sich sicher war, die richtige Wahl getroffen zu haben. Ich wippte auf den Zehenspitzen und küsste ihn.

Er erwiderte meinen Kuss, zunächst sanft, dann immer hungriger. Seine Hand glitt über die Haut an meinem Rücken, die nicht von dem Kleid bedeckt war, und über den seidigen Stoff, der sich an meine Hüften schmiegte. Das Verlangen zwischen meinen Beinen wurde immer stärker. Ich hätte nicht gedacht, dass es möglich wäre, einen Mann so sehr zu begehren, geschweige denn vier, doch ich tat es. Verdammt, ich tat es.

Das Knarren der sich öffnenden Tür unterbrach meine Gedanken. Der Reiherwandler, den ich vorhin gesehen hatte, betrat die Terrasse und räusperte sich. Ich wich vor Nate zurück, ohne zu erröten. Nach der Beinahe-Orgie, die ich gestern Abend im Innenhof gesehen hatte, würde ein unschuldiger Kuss wohl kaum für Aufsehen sorgen.

„Eure Anwesenheit wird im Speisesaal erbeten, Drachenwandlerin, Alpha", verkündete der junge Mann und neigte respektvoll den Kopf.

„Wir kommen", erwiderte Nate. Er nahm meine Hand und stieß sich vom Geländer ab. Hand in Hand gingen wir zur Tür, wobei er nicht vorausging, sondern neben mir herlief.

Der Moment wäre perfekt gewesen, wäre da nicht dieses Abendessen, das, wie ich wusste, alles andere als lustig werden würde.

# 17

*Ren*

Als ich den Speisesaal betrat, konnte ich zunächst nur verblüfft blinzeln. Der Raum war so groß, dass ich wetten könnte, dass ein ganzes Fußballfeld hineingepasst hätte. Lange Teakholztische mit jeweils zwanzig Plätzen standen aneinandergereiht auf dem Parkettboden. Einer der Tische war mit einer roten Seidentischdecke bedeckt und stand auf einem Podest an einem Ende des Raumes. Fünf der Stühle auf der anderen Seite dieses Tisches waren kunstvoll geschnitzt, wobei der mittlere Stuhl am größten und mit besonders kunstvollen Schnitzereien versehen war.

Niemand musste mir sagen, dass dies der Stuhl der Drachenwandlerin war.

Mein Herz begann doppelt so stark zu pochen. Es waren bereits andere Gestaltwandler im Raum, die sich miteinander unterhielten und die Neuankömmlinge begrüßten. Ich spürte, wie sich alle Augen auf mich richteten, als Nate und ich uns dem erhöhten Tisch näherten. Wahrscheinlich hatte ich gestern Abend bei der Willkommensfeier bereits mit vielen von ihnen gesprochen, doch das hier fühlte sich irgendwie anders an. Gestern waren alle am Feiern gewesen. Heute ging es um ernstere Angelegenheiten.

Aaron tauchte an dem erhöhten Tisch auf, um uns zu begrüßen. Wie Nate hatte er für diesen Anlass einen Anzug angezogen – einen königsblauen, der seine Augen noch mehr zum Strahlen brachte. Verdammt, ich hatte wirklich Glück mit meinen Gefährten, oder?

Neben ihm stand eine Frau, die ein paar Jahre jünger aussah als Aaron und dasselbe goldblonde Haar und die strahlenden blauen Augen hatte. Sie musterte mich mit einer Miene, die zwar nicht unfreundlich, aber auch nicht gerade herzlich, war. Sie trug ein einfaches Kleid im griechischen Stil aus grauer Seide. Ihre Körperhaltung ließ erkennen, dass dies nicht ihrem üblichen Kleidungsstil entsprach.

Ihre Arme, die sie über ihrer schlanken Brust verschränkt hatte, waren muskulös. Richtig. Aaron hatte gesagt, ich würde seine Schwester kennenlernen, die sich selbst zu seiner Leibwächterin ernannt hatte. Sie sah definitiv so aus.

„Serenity", rief Aaron und winkte mich zu sich. „Das ist meine Schwester, Alice. Alice, das ist Serenity, meine Gefährtin."

„Hmm", sagte Alice. Sie reichte mir die Hand und gab mir einen festen Händedruck. „Du bist also diejenige, wegen der mein großer Bruder durch das ganze Land gereist ist. Schön, dass du es endlich hierhergeschafft hast."

Ihre Stimme war so emotionslos, dass ich erst dachte,

sie wäre bissig, doch auf ihren Lippen lag ein neckisches, aber warmes Lächeln. Ich entspannte mich ein wenig.

„Es war eine lange Reise", erwiderte ich. „Aber ich habe darauf geachtet, dass er in einem Stück zurückkommt, obwohl die Abtrünnigen andere Pläne hatten."

Sie grinste breit. „Das stimmt. Und wahrscheinlich ist es gut, dass er jemanden hat, der ihn ab und zu aus der Bibliothek zerrt."

Aaron warf ihr einen bösen Blick zu. „Je mehr Zeit ich außerhalb der Bibliothek verbringe, desto mehr beschwerst du dich über all die potenziellen Gefahren, denen ich mich aussetze."

„Nur, wenn du mich nicht mitnimmst." Sie gab ihm einen liebevollen Klaps auf den Arm und lächelte mich wieder an. Okay, ich mochte sie.

Aaron begleitete mich zu meinem thronartigen Stuhl, als ob ich Hilfe brauchen würde, um ihn zu finden. Ich schätze, diese Formalität sah für unsere Zuschauer nett aus. Und es machte mir nichts aus, dass er beruhigend meine Schulter drückte, als er neben mir Platz nahm.

Ich war froh, dass Nate und er als Erste hier waren, da ich dadurch automatisch zwischen ihnen saß. Ich hatte immer noch keine Ahnung, was ich zu Marco oder West sagen sollte. Die beiden waren mir den ganzen Tag aus dem Weg gegangen.

Marco tauchte zuerst auf und schlenderte mit seiner üblichen unbekümmerten Miene auf den Stuhl neben Nate zu. Als sich unsere Blicke für eine Sekunde trafen, war sein Ausdruck misstrauisch. Ich wandte meinen Blick ab und hatte einen Kloß im Hals. Ich wollte jetzt nicht an unser Gespräch von vorhin denken oder an die Enthüllungen, die es zutage gebracht hatte.

Ein paar Minuten später traf West ein. Ohne ein Wort zu sagen oder mich eines Blickes zu würdigen, ging er zu seinem Stuhl und setzte sich.

Alice, die an seiner anderen Seite saß, beugte sich vor und sah mich mit hochgezogenen Augenbrauen an. Okay, ich bildete mir diese Kälte also nicht ein. War er sauer auf sich, weil er gestern Abend entgegen seiner Überzeugung mit mir herumgemacht hatte? Oder ging etwas anderes in seinem undurchschaubaren Wolfswandlerkopf vor?

Die Stühle gegenüber von uns begannen sich zu füllen. Aaron stellte mir jeden Einzelnen vor, als sie sich setzten. Die Cumberlands, Hubert und Isla. Die Porters, Frankford und Tracy. Und so weiter. Ich nahm ihre Gerüche wahr und mein Instinkt und ihr Aussehen halfen mir, festzustellen, in was für Tiere sie sich verwandeln konnten. Hubert und Isla waren Schwäne. Frankford und Tracy Falken. Unter den Paaren um sie herum waren Falken, Pelikane und sogar ein paar Gänse. Ich musste mir ein Lachen verkneifen, als ich mir ihre runden Bäuche und langen Hälse in Vogelform vorstellte.

„Also", sagte Hubert zu Aaron, nachdem er mir kurz zugenickt hatte, „ich hoffe, die Ankunft der Drachenwandlerin bedeutet, dass in der Gemeinschaft von nun an alles wieder in geordneten Bahnen verläuft."

Tracy stieß einen schweren Seufzer aus. „Die letzten Jahre waren stressig."

*Euer Alpha hat sicherlich sein Bestes getan*, wollte ich sagen, biss mir jedoch auf die Zunge. Aaron sah nicht beleidigt aus. Und wahrscheinlich war es klug, einen guten ersten Eindruck zu machen.

„Ich habe bereits gemerkt, dass sich die Grundstimmung verändert hat", erwiderte Aaron beschwichtigend. „Uns vier Alphas mit Serenity vereint zu sehen, gibt allen die Stabilität, die wir gebraucht haben."

Frankford schaute mich über seine Hakennase an. „Das ist also das Mädchen, auf das wir so lange gewartet haben."

Er klang nicht beeindruckt. Hatte er erwartet, dass ich in meiner Drachengestalt hier auftauchen würde? „Hier bin ich", sagte ich und versuchte, mir nicht anmerken zu lassen, wie unwohl ich mich fühlte.

Die Kellner kamen mit Tellern voller Essen herein. Oh, gut, wenigstens hatte ich so etwas, mit dem sich meine Hände – und mein Mund – beschäftigen konnten. Ich nahm meine Gabel, stach sie in eine Scheibe Steak … und bemerkte, dass mich alle von der anderen Seite des Tisches anstarrten.

Meine Schultern versteiften sich. Nate beugte sich vor und flüsterte mir leise ins Ohr. „Bei den offiziellen Abendessen ist es Tradition, dass wir fünf erst anfangen, wenn alle anderen etwas zu Essen haben. Als eine Art symbolische Geste."

„Oh." Meine Wangen wurden heiß. Sofort ließ ich meine Gabel sinken, als ob ich mich daran verbrannt hätte. Toll, schon nach ein paar Minuten hatte ich mich vor all diesen hohen Tieren blamiert. In den letzten sieben Jahren, in denen ich meist auf der Straße gelebt hatte, hatte mit dem Essen zu warten, oft bedeutet, dass es einem vor der Nase weggeschnappt wurde. Vermutlich musste ich meine Einstellung grundlegend ändern.

„Tut mir leid", murmelte Aaron. „Ich hätte dich warnen sollen."

Ich hätte abwarten und ihrem Beispiel folgen sollen. Hatte West mir eben einen finsteren Blick zugeworfen? Na toll, noch ein Grund mehr für ihn, zu denken, dass ich in dieser Rolle nicht bestehen konnte.

Ich ließ meine Hände gefaltet in meinem Schoß liegen, bis die Bedienungen allen ihr Essen serviert hatten. An allen Tischen begannen die Gäste nun zu essen. Als meine Alphas ihr Besteck in die Hand nahmen, vermutete ich, dass ich nun auch anfangen konnte.

Jetzt, wo ich essen konnte, musste ich sagen, dass es verdammt lecker war. Nicht, dass ich etwas anderes erwartet hätte, nachdem ich einen Tag hier verbracht hatte. Ich kaute genüsslich und die zarten Bissen des Steaks überschatteten meine Verlegenheit.

Isla schien sich von dem köstlichen Geschmack jedoch nicht ablenken zu lassen. Sie deutete mit ihrer Gabel auf Aaron. „Du musst so schnell wie möglich etwas gegen diese Katzenbande unternehmen, die sich im Wald von Southend herumtreibt."

„Ich habe bereits mit ihrem Alpha darüber gesprochen", sagte Aaron in demselben gleichmäßigen Ton wie zuvor. Er neigte den Kopf in Richtung Marco, der ihm ein dünnlippiges Lächeln schenkte. „Der Wald ist groß. Wir haben immer weniger Platz, um unsere animalische Natur ungestört ausleben zu können. Ich denke, der Wald sollte fair aufgeteilt werden."

Ich runzelte die Stirn. „Warum *aufgeteilt*? Die

Katzenwandler nutzen doch hauptsächlich den Boden und die Vogelwandler die Baumkronen, oder? Könnt ihr das gesamte Gebiet nicht problemlos gemeinsam nutzen?"

Isla schürzte empört die Lippen. Ihr Mann räusperte sich. „Es gibt Grenzen", sagte er und warf Aaron einen vorwurfsvollen Blick zu, als hätte er mich falsch informiert. „Und das aus gutem Grund. Die Katzenwandler sind dafür bekannt, dass sie die Vogelwandler belästigen. Sie haben sich schon vor Jahrzehnten bereit erklärt, nicht in die Bereiche unserer Sippe einzudringen."

Das war also eine Art Sylvester und Tweety-Konflikt? Ich hätte gelacht, wären da nicht all diese verärgerten Blicke gewesen. Ich war schon wieder in ein Fettnäpfchen getreten. Mist.

„Oh", sagte ich. „Okay. Das war mir nicht klar."

War das *Mitleid*, mit dem sie mich jetzt ansahen? In meinem Nacken kribbelte es. Verdammt, ich hatte mich nur zwei Wochen lang auf diesen Auftritt vorbereitet, und einen Großteil der Zeit war ich damit beschäftigt gewesen, dafür zu sorgen, dass meine Gefährten und ich *am Leben* blieben. Konnten diese Leute mir nicht mal eine Pause gönnen?

Vielleicht sollte ich einfach gar nichts sagen. Das war eine todsichere Methode, um nicht wie ein totaler Vollidiot zu klingen.

Das Gespräch wandte sich einer Veranstaltung zu, die die Cumberlands für die Sippe organisieren wollten, und dann ein paar geschäftlichen Angelegenheiten, denen ich nicht folgen konnte. Ich hatte meinen Teller inzwischen aufgegessen und war satt, obwohl definitiv noch Platz für ein Dessert war. Während ich dasaß und den Gesprächen zuhörte, die über meinen Kopf hinweg geführt wurden, wurde ich unruhig. Wie konnte ich den Alphas eine würdige Gefährtin sein, wenn die anderen Gestaltwandler ganz genau wussten, wie ahnungslos ich war?

Dann begann Frankford über die Menschen zu schimpfen. „Wir hätten das Grundstück kaufen sollen, als wir die Gelegenheit dazu hatten. Jetzt haben wir diese Menschen direkt vor unserer Haustür. Sie werden ihre dummen Menschenvermutungen anstellen und ihre dummen Menschenratschläge geben. Es ist erbärmlich, wie ahnungslos sie sind."

„Aber kannst du dir vorstellen, was für einen Aufruhr es geben würde, wenn sie es wüssten?", zwitscherte Tracy. „Die armen Kreaturen könnten nicht begreifen, wie mächtig wir sind."

Bei dieser Aussage konnte ich mich nicht zurückhalten. „Nicht alle Menschen sind Idioten", warf ich ein. „Meine beste Freundin hat alles mit mir gemeinsam durchgestanden."

Dieser Kommentar brachte mir einen weiteren mitleidigen Blick von Isla ein. „Aber würde sie das auch, wenn sie wüsste, was du bist? Ich glaube nicht."

Wut kochte in mir hoch. „Nun, da liegst du falsch. Denn sie weiß es bereits, und sie steht trotzdem noch hinter mir."

Wenn ich vorher gedacht hatte, dass die Gestaltwandler-Bonzen bestürzt aussahen, stand ihnen jetzt das blanke Entsetzen ins Gesicht geschrieben. Die Farbe wich aus Islas Gesicht. Huberts Mund verzog sich zu einer Grimasse.

„Du hast dich einem *Menschen* offenbart?", spuckte Tracy.

Aaron hob beschwichtigend seine Hand. „Es war eine Extremsituation", sagte er. „Wir haben eine Ermessensentscheidung getroffen, die sich als richtig herausgestellt hat. Serenitys Freundin hat sich als wertvolle Verbündete erwiesen."

„Nicht nur die Gestaltwandler zu enthüllen, sondern auch noch die Identität unserer Alphas ..." Frankford schüttelte den Kopf.

Ich knirschte mit den Zähnen, was jedoch nicht ausreichte, um meinen aufsteigenden Frust einzudämmen.

„Hört mal", sagte ich säuerlich, „ich bin die Drachenwandlerin. Und zwar die Einzige, die ihr habt. Wenn *ich* nicht entscheiden kann, wer was wissen darf, wer ist dann qualifiziert genug, diese Entscheidung zu treffen?"

Jemand weiter unten am Tisch murmelte etwas vor sich hin. Das meiste war zu leise, als dass ich es hätte verstehen können, aber ich hörte genug. „... so lange weg von ihresgleichen ..."

Meine Hände ballten sich unter dem Tisch zu Fäusten. „Braucht hier jemand eine Vorführung?", fragte ich und erhob meine Stimme leicht. „Um sich zu vergewissern, dass ich Drachin genug für euch bin? Ich könnte die Decke zum Einsturz bringen. Ich könnte das ganze Haus in Flammen aufgehen lassen. Das mit der Verwandlung ist geklärt. Die übrigen Details lerne ich, so schnell ich kann." Ich griff nach Aarons Hand und legte sie auf den Tisch zwischen uns. Er legte seine Finger um meine, wobei seine Mundwinkel leicht zuckten.

„Und während ich lerne, hätte ich niemanden lieber an meiner Seite als euren Alpha", fügte ich hinzu. „Er war für mich da, als ich seine Hilfe brauchte, und ich werde immer für ihn da sein, wenn er mich braucht. Wann immer ihr uns braucht, um die Gemeinschaft zu festigen. Ich würde es also begrüßen, wenn ihr mir ein wenig Anerkennung zollt."

Einen Moment lang herrschte Schweigen am Tisch. Die Gestaltwandler gegenüber von uns senkten ihre Blicke. Verdammt, hatte ich mich schon wieder lächerlich gemacht?

Bevor ich noch mehr Fehler machen konnte, wurde das Dessert serviert. Der Erdbeerkäsekuchen kam mir gerade recht, um meine Sorgen hinunterzuschlingen. Ich schwieg und sah und hörte zu.

Als das Essen vorbei war, stand Aaron auf und zog mich zu sich.

„Es ist mir eine Ehre, mit meinen Alphakollegen und natürlich mit meiner neuen Gefährtin vor euch zu stehen", verkündete er unseren Zuhörern und seine Stimme schallte durch den Raum. „Ich danke euch allen, dass ihr Serenity so freundlich aufgenommen habt. Ihr werdet keine hingebungsvollere Fürsprecherin oder erbittertere Kämpferin für unser Volk finden."

Mein Gesicht erwärmte sich. Er sagte noch ein paar Dinge darüber, wie großartig ich sei, und ich winkte der Menge zu, doch innerlich fühlte ich mich unsicher.

Die Verabschiedung der Gäste verging wie im Fluge. Anschließend begleitete Aaron mich zurück zu meinem Quartier. Dort angekommen sackte ich stöhnend mit dem Gesicht nach unten auf mein Bett.

„Du hättest mich nicht so mit Komplimenten überhäufen müssen. Es tut mir so leid, dass ich mich verplappert habe. Ich werde nie wieder etwas sagen."

Aaron gluckste. „Was redest du denn da? Du warst *großartig.*"

Ich drehte meinen Kopf und zog eine skeptische Augenbraue hoch. „Was redest *du* denn da? Ich habe mich mindestens fünfmal total blamiert."

„Ganz und gar nicht." Er setzte sich neben mich aufs Bett und lächelte. „Du hast ihnen gezeigt, dass du dich an unsere Traditionen hältst, wenn du weißt, welche das sind. Dass du bereit bist, neue Informationen in Betracht zu ziehen. Dass du den Menschen, die dir am Herzen liegen, loyal gegenüber bist. Und dass du auch mir diese Loyalität entgegengebracht hast. Mehr hätte ich mir nicht wünschen können."

War das sein Ernst? Er klang, als ob er es ernst meinte. Ich konnte es nicht ganz glauben, doch die Spannung in meiner Brust ließ ein wenig nach.

Ich richtete mich auf und beugte mich vor, um ihn zu küssen. Aaron fuhr mit seinen Fingern durch mein Haar, während er meinen Kuss erwiderte. Ich versuchte, jedes bisschen Liebe und Dankbarkeit, das ich empfand, in die Begegnung unserer Lippen zu legen.

Meine Hand ruhte auf seinem Oberschenkel. Als ich näher an ihn heranrückte, um den Kuss zu vertiefen, rutschte meine Hand ab. Mein Daumen streifte die harte Beule, die sich bereits in Aarons Hose gebildet hatte.

Aaron brummte lustvoll, woraufhin mich eine andere Art von Hitze durchflutete. Plötzlich wusste ich genau, was ich mit diesem wunderbaren, hinreißenden Mann tun wollte.

Ich küsste seinen Kiefer, während ich seine Hose öffnete. Als ich an seiner Hose zerrte, ließ er sie sich von mir ausziehen und sah mich lüstern an. Dieser Anblick schürte das Feuer in mir nur noch mehr.

„Bleib genau da", flüsterte ich und kniete mich vor ihn.

Ich fuhr mit meiner Zunge über die Spitze seines Schwanzes. Aaron stöhnte auf. Dann umfasste ich den Ansatz seiner Erektion, und seine Hüften wölbten sich mir entgegen. „Serenity", begann er, als wollte er mir sagen, dass ich das nicht tun müsse, dochdas wusste ich bereits. Ich brannte darauf, es zu tun, sowohl für mich als auch für ihn.

Der Mann vor mir herrschte mit Selbstkontrolle und gemessenen Worten über ein Viertel aller Gestaltwandler. Doch ich hatte die Macht, ihn mit einer einfachen Berührung aus der Fassung zu bringen. Und es gab da ein paar Teile seines Körpers, die ich noch nicht ganz beansprucht hatte.

Ich neigte meinen Kopf und nahm seinen Schwanz in den Mund. Er schmeckte salziger als die Meeresluft. Ich ließ meine Zunge um seinen Schaft kreisen und genoss es, wie er bei dieser Bewegung zuckte. Er lehnte sich auf dem Bett zurück, seine Hände gruben sich in die Decke. Sein Atem ging in rauen Stößen.

Ich pumpte mit meiner Hand auf und ab und steigerte allmählich die Geschwindigkeit, während ich ihn in meinen Mund saugte und wieder losließ. Immer wieder, bis er am ganzen Körper zitterte und keuchte. Ich umschloss ihn noch fester mit meinen Lippen und er stöhnte erneut auf.

„Serenity", sagte er, „ich komme gleich. Wenn du so weitermachst …"

Das war gut. Denn genau das wollte ich. Ein Kribbeln breitete sich zwischen meinen Beinen aus, als ich mit meinen Lippen an ihm auf und ab glitt. Sein Schwanz zuckte wieder. Sein Atem ging stockend. Dann zuckten seine Hüften nach oben, als er an meinem Gaumen kam.

„Serenity", flüsterte er. „Serenity." Seine Hand strich über meinen Kopf. Und in diesem Moment war nichts anderes wichtig – weder Verrat, noch Lügen, noch irgendwelche Intrigen der Abtrünnigen und Feen. Nichts auf der Welt konnte mir mein Glück verderben.

# 18

Es war schwer zu sagen, welches der schrecklichste Moment in meinem Leben gewesen war, doch er hatte sich definitiv in den letzten vierundzwanzig Stunden ereignet. Ganz oben auf der Liste stand wahrscheinlich der Augenblick, in dem ich den Schmerz und die Wut in der Stimme meiner Prinzessin gehört hatte, als sie mich gestern beschuldigt hatte, sie wie ein Katzenspielzeug zu behandeln. Vielleicht waren es aber auch diese paar Sekunden, als ich um acht Uhr morgens an ihre Zimmertür klopfte und mich fragte, ob sie überhaupt antworten würde.

Auf der anderen Seite glitten leise Schritte über die Teppiche. Mein Rücken spannte sich an. Vorsichtig öffnete Ren die Tür.

Nein, dies war der schrecklichste Moment, genau jetzt. Mit ansehen zu müssen, wie meine Flammenprinzessin bei meinem Anblick zusammenzuckte, wie die Verletzung, die ich ihr zugefügt hatte, noch immer deutlich in ihren Augen loderte. Es zerriss mir das Herz, doch ich hatte es verdient.

Warum zum Teufel hatte ich nicht ein einziges Mal in meinem Leben die Klappe gehalten? Warum hatte ich mich von meiner idiotischen Sippe so aufhetzen lassen?

Warum hatte ich zugelassen, dass ich meine Gefährtin als Mittel zum Zweck betrachtete? Ich wusste, dass sie etwas Besseres verdient hatte. Ich könnte ihr etwas Besseres geben. Falls sie mir noch eine Chance gab.

Allerdings hatte ich nicht vor, vor ihr zu Kreuze zu kriechen und zu jammern. Der Schmerz, den ich fühlte, war meine eigene Schuld und ich musste damit fertig werden. Ich wäre ein noch größeres Arschloch, wenn ich ihr das auch noch aufbürden und nach meinem epischen Fehltritt Trost von ihr erwarten würde.

„Prinzessin", sagte ich mit gesenktem Kopf. „Darf ich reinkommen?"

Sie zögerte, und das brachte mich fast um. Vor weniger als einer Woche hatte ich ihre intimsten Stellen gekostet, und jetzt war sie sich nicht einmal sicher, ob sie mit mir im selben Raum sein wollte. Es würde ein langer, harter Weg werden, ihr Vertrauen wiederzuerlangen.

Doch sie war es wert. Ich musste sie nur davon überzeugen, dass ich das glaubte.

Ich zwang mich zu einem selbstironischen Lächeln. „Ich kann mich auch hier auf dem Flur entschuldigen, wenn dir das lieber ist. Aber ich verspreche dir, dass ich dich nicht lange belästigen werde."

„Nein", sagte sie. „Schon gut. Komm rein."

Sie muss schon seit einer Weile wach sein. Ich konnte

die Spuren von Seife riechen, die sich mit dem süßen Duft ihrer sauberen Haut vermischten. Sie hatte ein anderes Kleid angezogen: matte, rosa Seide, schlichter als das, das sie gestern Abend zu dem formellen Essen getragen hatte, allerdings nicht weniger hinreißend. Es schmiegte sich auf eine Weise an ihre schlanken Kurven, dass mich sofort ein Gefühl der Begierde durchströmte.

Ich nahm jedoch an, dass sie es nicht für ein gemeinsames Frühstück mit ihren Gefährten ausgewählt hatte. Es war ihre Rüstung für das Treffen mit der Feenkönigin.

„Du wirst ihre feenhafte Hoheit in den Schatten stellen", sagte ich mit einem Nicken in die Richtung ihres Kleides.

Ren strich mit den Händen über den fließenden Stoff und sah kurz etwas unbeholfen aus. Dann richtete sie sich wieder auf. „Ich will nur, dass sie weiß, dass sie es mit einer anderen Art von Königin zu tun hat", sagte sie. „Worüber wolltest du sprechen?"

Als ob sie sich das nicht denken könnte. Ich konnte ihrem Blick kaum standhalten, während ich nach den richtigen Worten suchte, doch ich wollte nicht, dass sie dachte, ich würde vor der Verantwortung zurückschrecken. „Wie ich schon sagte, ich will mich entschuldigen", wiederholte ich. „Ich kann verstehen, dass du wütend auf mich bist. Ich hätte nie so über dich sprechen dürfen, mit niemandem. Ich kann dir gar nicht sagen, wie sehr ich mir wünsche, ich hätte es nicht getan. Und noch schlimmer ist, dass du es hören musstest."

„Und warum *hast* du diese Dinge gesagt?", fragte sie und verschränkte die Arme vor der Brust.

Gott, wie sollte ich das sagen. Die Worte schmeckten bitter, als ich sie aussprach. „Ich muss eine gewisse … Selbstsicherheit an den Tag legen, wenn ich mit meiner Sippe spreche. Vor allem denjenigen gegenüber, die möglicherweise ein Auge auf meine Position als Alpha geworfen haben. Wenn sie mich für abgebrüht halten, finden sie keine Schwächen, die sie ausnutzen können. Aber ich hätte dich da nicht mit reinziehen sollen. Ich schulde dir so viel mehr Respekt als das."

Rens Augen musterten mich unverwandt, ohne etwas zu verraten. „Du schuldest es mir?", fragte sie. „Du willst mir also sagen, dass nichts von dem, was du deiner Sippe gesagt hast, deine wahren Gefühle widerspiegelt, nicht einmal ein kleines bisschen?"

Vor ihrem Drachenwandlerinnen-Instinkt würde ohnehin keine Lüge bestehen. Sie würde es wissen und ich würde mich nur noch tiefer in diese Scheiße reiten.

„Ich habe es ernst gemeint, was ich dir in der Höhle gesagt habe, Prinzessin", sagte ich. „Du bist mir wichtig. Ich möchte mein Leben mit dir verbringen. Aber ich kann nicht so tun, als wäre mir nicht bewusst, dass meine Position sicherer wäre, nachdem unsere Bindung vollzogen ist. Vielleicht habe ich zu sehr gedrängt. Das tut mir leid."

Es gab noch so viel mehr, was ich hätte sagen können, um es zu erklären, aber auch ich konnte sie durchschauen. Und nach den Anfeindungen der Vogelwandler-Oberschicht und der bevorstehenden Audienz bei der Feenkönigin war sie eindeutig nicht in der Stimmung für Erklärungen.

Außerdem waren Erklärungen sowieso unter meiner Würde. Ich hatte es vermasselt. Das sah ich ein. Was jetzt wirklich zählte, war nicht das, was in der Vergangenheit geschehen war, sondern was ich von jetzt an tat.

„Ich verstehe, dass es dauern wird, dein Vertrauen zurückzugewinnen", fügte ich hinzu. „Doch das werde ich, egal wie lange es dauert. Ich rede vielleicht viel, aber ich mache keine leichtfertigen Versprechungen. Ich gebe dir mein Wort, dass ich mir dein Vertrauen ehrlich zurückverdienen werde."

Ren nickte. Ich konnte nicht erkennen, ob sie das Versprechen akzeptierte oder mich einfach loswerden wollte. „Danke für die Entschuldigung", sagte sie zögerlich. „Ich denke, wir müssen einfach sehen, wie es läuft. Ich brauche etwas Freiraum, um nachzudenken."

Ja, natürlich. Wenn wir uns nahe waren, zog unsere Gefährtenbindung sie immer noch genauso stark zu mir hin wie mich zu ihr. Dafür konnte ich dankbar sein.

Ich senkte den Kopf. „Dann bis zu unserem Ausflug ins Feenreich."

Ohne ein weiteres Wort begleitete sie mich zur Tür. Nachdem die Tür hinter mir ins Schloss gefallen war, konnte ich nicht behaupten, dass mir leichter ums Herz war.

*Ren*

Mein Kopf war angesichts der bevorstehenden Audienz so voller Fragen und Sorgen, dass ich kaum Platz hatte, um zu entscheiden, was ich von Marcos Entschuldigung hielt. Ich hatte kaum genug Platz, um darauf zu achten, wohin ich ging.

Ich folgte dem Geruch von Eiern und Würstchen durch den Flur in den privaten Speisesaal. Mein Magen zog sich vor Nervosität zusammen, doch für das Treffen mit der Feenkönigin würde ich Energie brauchen. Daran bestand kein Zweifel.

Wie würde sie reagieren, wenn ich ihr erzählte, was ihre Leute meines Wissens getan hatten? Wie sollte ich reagieren, wenn sie versuchte, es abzutun oder zu leugnen? Aarons Leute würden alles andere als beeindruckt sein, wenn ich es weniger als einen Monat, nachdem ich meinen Platz als Drachenwandlerin eingenommen hatte, schaffen würde, die Gestaltwandler an den Rand eines übernatürlichen Krieges zu bringen.

Eine Frau kam aus dem Speisesaal und ging schnurstracks auf mich zu. Aus der Ferne registrierte ich ihren Geruch (Eule), das Tablett, das sie in der Hand hielt (wahrscheinlich servierte sie Essen oder räumte ab), und ihre dünnen Handschuhe (war es heute kälter als sonst?). Dann dachte ich wieder über den Tag nach, der vor mir lag.

Ich schenkte ihr keinerlei Aufmerksamkeit, als sie das Tablett plötzlich fallen ließ und mit einem Tranchiermesser ausholte, um es mir den Bauch zu rammen.

Meine Gestaltwandler-Reflexe setzten ein, bevor ich überhaupt realisiert hatte, dass ich angegriffen wurde. Ich sprang zur Seite und holte im selben Moment mit meinem Arm aus, sodass das Messer meinen Bauch nur streifte.

Die Frau stieß einen kurzen Schrei aus und stürzte sich auf mich. Ich packte ihr Handgelenk, bevor sie einen weiteren Hieb ausführen konnte. Schuppen breiteten sich auf meinem Körper aus, als ich mich verwandelte, um mich zu verteidigen. Ich ragte über ihr auf, meine Hinterbeine wuchsen, meine Klauen schossen hervor und Feuer loderte in meiner Kehle auf.

„Ren!", ertönte Nates Stimme hinter mir.

Eine weitere Ablenkung konnte ich jetzt wirklich nicht brauchen. „Bleib zurück", rief ich, meine Stimme war durch die fast vollendete Verwandlung heiser geworden. „Ich mache das schon."

Die Frau zappelte in meinem Griff. Sie versetzte mir einen Tritt gegen die Hüfte, prallte aber an der dicken geschuppten Haut ab. Als sie mit ihrer freien Hand auf meine Augen zielte, wich ich aus, und mein Griff um ihr Handgelenk lockerte sich. Sie riss sich los und wollte erneut auf mich einstechen.

Knurrend stieß ich sie zu Boden. Das Messer schnitt quer durch meine Schulter. Ich schlug mit einer Klauenhand danach und schleuderte es gegen die Wand. Die Frau starrte zu mir hoch, ihre Augen waren weit aufgerissen und Panik lag darin. Ich drückte ihre beiden Arme auf den Boden und starrte sie an, während ich nach Luft schnappte.

Plötzlich ergaben die Handschuhe einen Sinn. Sie hatte das Fehlen eines Sippenzeichens verbergen müssen.

Aber jetzt hatte ich sie. Ich hatte sie aufgehalten, und jetzt konnte sie nicht mehr entkommen. Wir konnten endlich mit einem dieser Abtrünnigen reden – was auch immer uns das nützen würde.

Nates Schritte ertönten hinter mir. Er hatte sich zurückgehalten, wie ich es von ihm verlangt hatte. Ich warf ihm ein schnelles, grimmiges Lächeln über meine Schulter zu. „Danke. Was hältst du davon, wenn wir herausfinden, was sie weiß?"

„Du schaffst das schon", sagte er und stellte sich neben mich. „Sag Bescheid, wenn du mich brauchst."

Doch jetzt, wo ich die Abtrünnige hatte, wusste ich nicht, was ich sagen sollte. „Warum hast du mich angegriffen?", fragte ich und richtete meinen Blick wieder auf sie. „Bist du allein oder gibt es hier noch mehr Abtrünnige?"

„Ich werde dir nichts sagen", keuchte sie und verzog die Lippen zu einem dünnen Strich.

„Gehörst du zu der Gruppe, die hinter meiner Mutter her war? Die, die meine Väter und Schwestern ermordet hat? Wie bist du überhaupt auf das Anwesen gekommen?"

Sie sah mich wortlos an. Frustration kochte in mir hoch. Die Hitze sammelte sich in meiner Kehle, und meine Gedanken wanderten wieder zu den Worten, die ich gehört hatte, als ich die Flamme des Kristalls im Berg angenommen hatte.

*Verbrenne die Lügen, um die Wahrheit zu erlangen.*

Der Drang, Feuer zu spucken, kitzelte mich im hinteren Teil meines Mundes. Ich könnte es tun – ich könnte mich vollständig verwandeln und einen Strahl Feuer auf diese Frau spucken. Doch ich hatte noch nie versucht, diese neue Kraft einzusetzen. Was, wenn ich etwas falsch machte und sie bei lebendigem Leib verbrannte?

Ich hatte schon öfter Leute aus Notwehr verletzt, aber

ich hatte diese Abtrünnige bereits überwältigt. Und jemanden in Brand zu setzen war keine Verteidigung, das war Folter. Jeder Knochen in meinem Körper sträubte sich gegen diesen Gedanken.

So wollte ich meine Herrschaft über die Gestaltwandler nicht beginnen. Die Abtrünnigen waren die Grausamen, nicht ich.

„Serenity?" Aaron war aus dem Speisesaal gekommen. Er erstarrte bei dem Anblick, der sich ihm bot. Seine Stimme war noch heiserer als üblich, als er fragte. „Was ist passiert?"

„Sie hat mich mit einem Messer angegriffen – sieht aus wie eines aus der Küche", antwortete ich. „Aber sie weigert sich, zu reden."

Wie konnte man jemanden zum Reden bringen, *ohne* zu Foltermethoden zu greifen? Ich schaute ihr in die Augen und versuchte, eine Antwort zu finden. Sie blinzelte, und plötzlich kam mir irgendetwas an ihr seltsam vor.

Ihr Blick war nicht wütend. Sie war nicht einmal mehr wirklich verängstigt.

Sie hatte Ehrfurcht vor mir. Ich spürte es, wie einen warmen Luftzug. Darunter lag ein fester Knoten der Traurigkeit. Die Teile fügten sich in meinem Kopf zusammen.

„Du wolltest das eigentlich nicht tun, oder?", fragte ich mit etwas sanfterer Stimme.

Der Kiefer der Frau zuckte. Ein Schatten der Traurigkeit huschte über ihr Gesicht. Ich hatte ins Schwarze getroffen.

Die Tür am anderen Ende des Flurs öffnete sich

knarrend, doch ich drehte mich nicht um, um zu sehen, wer sie geöffnet hatte. Meine ganze Aufmerksamkeit blieb auf die Abtrünnige gerichtet.

„Sie haben dich gezwungen, ihnen zu helfen", fuhr ich leise fort. „Haben sie dich bedroht? Oder jemanden, der dir etwas bedeutet?"

Ihre Selbstbeherrschung schwand. Ein leiser Schluchzer entwich ihren Lippen. Ihre Augen waren tränenerfüllt.

Aaron kniete sich auf meine andere Seite. „Ich verspreche dir, dass du nicht für Verbrechen bestraft wirst, zu denen du gezwungen worden bist. Das schwöre ich bei meinem Eid als Alpha." Er hob seine Hand, in deren Handfläche sich die Narbe des Eides befand. Ein Impuls von Macht durchzuckte mich.

Die Abtrünnige musste es ebenfalls gespürt haben. Ein paar Tränen liefen ihr über das Gesicht. „Sie haben meinen Sohn. Er ist erst siebzehn. Er ist alles, was ich habe. Wenn sie herausfinden, dass ich es euch gesagt habe …"

„Das werden sie nicht", entgegnete Aaron bestimmt.

„Wir werden sie aufhalten. Wir werden deinen Sohn zurückholen." Ich schaute Aaron an, und er nickte. „Wo sind die Abtrünnigen, die ihn entführt haben?"

„Ich weiß es nicht", sagte die Eulenwandlerin mit schwacher Stimme. „Alles wird über Nachrichten weitergegeben. Ich bekomme sie nie persönlich zu Gesicht."

„Planen sie noch etwas anderes? Ist noch jemand auf dem Anwesen, der für sie arbeitet?"

Sie schüttelte den Kopf. „Ich weiß es nicht. Sie haben

mir nur gesagt, dass wenn ich es schaffe … Wenn ich …" Sie brachte es nicht über sich, die Worte auszusprechen.

„Wenn du mich umbringst", sagte ich.

„Ja. Dann würden sie mir meinen Sohn zurückgeben. Das ist alles, was ich weiß."

Ich biss mir auf die Lippe. Ich wollte ihr helfen. Ich wollte alle Abtrünnigen zur Strecke bringen, die jemanden wie sie gezwungen hatten, für ihre Pläne den Kopf hinzuhalten. Doch das konnten wir nicht, wenn das alles war, was sie wusste.

„Wir werden für dich tun, was wir können," versicherte ich ihr, „aber du musst uns auch helfen. Finde mehr über sie heraus, wo sie sind, was sie sonst noch so vorhaben. Wer darin verwickelt ist. Irgendetwas, damit wir sie aufspüren können. Wir werden nicht verraten, dass wir dich erwischt haben. Du kannst so tun, als würdest du immer noch auf deine Chance warten. Aber sag ihnen, dass du noch mehr für sie tun willst. Tu so, als wärst du auf ihrer Seite, damit sie dir vertrauen. Kannst du das tun?"

„Ich würde alles tun, um meinen Sohn zurückzubekommen." Sie holte tief Luft. „Danke für Eure Gnade."

Ich ließ von ihr ab, ohne den Blick von ihr abzuwenden. Sie setzte sich auf und schien darauf zu achten, keine plötzlichen Bewegungen zu machen. Es gab keine Anzeichen, dass sie einen weiteren Angriff versuchen wollte. Wahrscheinlich würde sie morgen blaue Flecken an den Handgelenken haben, wo ich sie festgehalten hatte, doch das konnte ich nicht ändern. Ihrem

Gesichtsausdruck nach zu urteilen, würde sie mir das nicht verübeln.

„Ich werde entsprechende Vorkehrungen treffen, damit du mich, wo immer ich bin, benachrichtigen kannst, wenn du Neuigkeiten hast", sagte Aaron.

„Und natürlich werden wir selbst auch die Augen offenhalten", fügte West mit rauer Stimme hinzu. Direkt hinter ihm stand Marco. Dieses Frühstück wurde immer interessanter.

Aaron half der Eulenwandlerin auf die Beine und führte sie zur Seite, um weiter mit ihr zu reden. Ich seufzte und stützte mich mit der Hand an der Wand ab.

Mein Adrenalinrausch flaute langsam ab und ich begann zu zittern. Das schöne Kleid, das ich in der Hoffnung ausgesucht hatte, die Feenkönigin wenigstens ein bisschen zu beeindrucken, war nach meiner teilweisen Verwandlung jetzt an den Beinen zerrissen. Die Haut an meinem Bauch brannte an der Stelle, wo mich das Tranchiermesser gestreift hatte. Aus der Wunde an meiner Schulter sickerte nur noch ein wenig Blut, aber sie tat immer noch weh.

Nate legte seinen Arm um meine Schultern. „Ich bring dich zurück in dein Quartier und flicke dich zusammen." Er warf den anderen Alphas einen Blick zu. „Einer der Kellner soll ihr einen Teller bringen."

West sah aus, als würde er sich über den Befehl ärgern, Marco nickte jedoch. „Kein Problem." Er warf der Eulenwandlerin einen Blick zu und seine Lippen verzogen sich zu einer Grimasse. „Und darf ich vorschlagen, dass du die Tür abschließt, bis das Essen da ist?"

# 19

Als Nate und ich in meiner Unterkunft ankamen, konnte ich mich kaum noch auf den Beinen halten. Ich wankte zum Sofa im Wohnzimmer und ließ mich darauf sinken.

Nate verschwand im Bad und kehrte kurz darauf mit einem kleinen silbernen Koffer zurück, der ziemlich normal aussehendes Erste-Hilfe-Material enthielt.

Ich zuckte zusammen, als er eine antiseptische Salbe auf meine Wunden auftrug. Dann legte er einen dünnen Verband an meiner Schulter an und begutachtete meinen Bauch.

„Ich glaube, ich sollte das ausziehen", sagte ich und griff nach den Trägern meines zerrissenen Kleides. „Das Dasein als Gestaltwandler scheint nicht besonders vorteilhaft für die Garderobe zu sein."

Nate gluckste. „Wir achten immer darauf, viel Ersatzkleidung zur Hand haben."

Ich streifte den seidigen Stoff über meinen Körper,

sodass ich nur noch in BH und Slip vor ihm saß. Hitze flammte in Nates Blick auf und ich spürte, wie ich feucht zwischen den Beinen wurde. Ich schluckte schwer und streckte meine Hand nach dem anderen Verband aus.

Er blieb vor mir stehen, während ich ihn anlegte. Da ich mich immer noch nicht bereit fühlte, aufzustehen, streckte ich meine Hand nach ihm aus, und er setzte sich neben mich. Ich kuschelte mich an ihn, legte meine nackten Beine auf seinen Schoß und er schlang seinen Arm locker um meine Schultern, sodass ich von ihm wegrücken könnte, wenn ich wollte.

Doch ich wollte mehr Nähe. Ich schmiegte mich an seinen festen Körper und genoss die beruhigende Wirkung der Wärme und der Kraft, die von ihm ausging. Ich wusste nicht, dass ich die Frage stellen würde, bis sie einfach über meine Lippen kam.

„Werden sie jemals aufhören? Die Abtrünnigen – werden sie mich jemals in Ruhe lassen? Ich habe ihnen *nichts* getan … Sie kennen mich doch gar nicht!"

„Ich weiß", antwortete Nate mit seinem tiefen Bariton. Er legte sein Kinn auf meinem Kopf ab und rieb meinen Arm. „Ich kann nicht einmal verstehen, was sie vor sechzehn Jahren getan haben. So hasserfüllt zu sein, um jemanden so zu verletzen … Sie sind krank. Geistig gestört. Anders kann ich es mir nicht erklären."

„Dann werden sie nicht aufhören. Sie werden einfach weitermachen, bis sie es schaffen, mich umzubringen – oder wir sie."

„Vielleicht ändern sie ihre Meinung, wenn sie dich erst einmal kennengelernt haben." Er drückte mir einen Kuss auf die Stirn. „Du bist bereits dabei, ein Teil unserer

Gemeinschaft zu werden. Die meisten unseresgleichen haben dich mit offenen Armen empfangen – das hast du doch gemerkt, oder?"

Ich dachte an den kalten Empfang der hohen Tiere von gestern Abend, wobei sie trotz ihrer privilegierten Stellung natürlich nur ein kleiner Teil der Gemeinschaft, waren. Die meisten der Gestaltwandler, denen ich begegnet war – die Vogelwandler hier, die Hundewandler in dem anderen Dorf – hatten mehr von mir gehalten als ich selbst.

„Ja", meinte ich. „Sie waren wirklich wunderbar. Ich bin mir nur noch nicht sicher, ob ich es verdient habe."

„Natürlich hast du das. Indem du die Abtrünnigen bekämpfst, was du mittlerweile mehr als einmal getan hast, kämpfst du für uns alle. Für die Sicherheit aller. Und wie du dich gerade gegenüber dieser Eulenwandlerin verhalten hast … Du hast bewiesen, dass du versuchst, das Richtige für alle Gestaltwandler zu tun, sogar für die Abtrünnigen. Das werden die Leute zur Kenntnis nehmen. Es wird sich herumsprechen. Und die, die nicht so verkorkst sind, werden vielleicht erkennen, dass sie im Unrecht sind."

Ich wusste noch nicht, ob ich das für wahrscheinlich hielt, aber es war trotzdem ein schöner Gedanke.

Als es an der Tür klopfte, zuckte ich zusammen. Nate drückte beruhigend meinen Arm, bevor er aufstand, um die Tür zu öffnen. Er kam mit einem Teller mit Frühstück zurück und mein Magen knurrte.

Für ein paar Minuten geriet unser Gespräch wegen meines Hungers ins Stocken. Ich stürzte mich auf die Rühreier, die Würstchen und die Rösti, als hätte ich seit

Tagen nichts mehr gegessen. Sich zu verwandeln, machte Appetit. Oder vielleicht war es das Adrenalin. Auf jeden Fall schlang ich das Essen herunter, als hinge mein Leben davon ab.

„Besser?", fragte Nate mit einem amüsierten Lächeln.

„Viel besser." Ich stellte den Teller beiseite, schmiegte mich an ihn und legte meinen Arm um seine kräftige Brust. Wir hatten noch ein paar Stunden Zeit, bevor wir zur Audienz aufbrechen mussten. Und bei ihm zu sein, ihn zu halten und von ihm gehalten zu werden, war das beste Heilmittel, das ich mir im Moment für meine Nerven vorstellen konnte.

Was hielt der Gestaltwandler, der mir das Frühstück gebracht hatte, wohl davon, dass ich mich in meinem Zimmer versteckte? Diese Frage brachte meine Gedanken zurück zu Nates Bemerkung von vorhin.

„Noch kennt mich hier niemand wirklich", musste ich betonen. „Nicht einmal die Leute, die mich mögen. Sie beobachten immer noch, wie ich mich verhalte."

Nate brummte zustimmend. „Das mag sein, aber sie hoffen, dass alles gut wird. Sie wollen auf deiner Seite sein."

Da hatte er recht, oder? Ich hatte in jedem Gestaltwandler, mit dem ich während der Feierlichkeiten gesprochen hatte, eine Hoffnung gespürt. Und mit jedem Schritt, den ich machte, konnte ich ihnen einen Grund mehr geben, um ihr Vertrauen in mich zu rechtfertigen.

Nicht nur die gewöhnlichen Gestaltwandler vertrauten mir. Auch meine Alphas hatten von Anfang an zu mir gehalten, als ich noch eine völlig Fremde für sie gewesen war. Ganz gleich, wie skeptisch sie auch gewesen sein mochten.

Nate hatte kein einziges Mal gezögert. Er war vielleicht etwas zu enthusiastisch mit seinen Heldentaten geworden, doch nichts an seinen Worten oder Taten hatte den Eindruck erweckt, dass er an mir zweifelte.

Ich neigte mein Gesicht nach hinten und berührte seine Wange. Ich musste Nate nicht sagen, was ich jetzt wollte. Er beugte den Kopf und küsste mich sanft, aber begierig auf die Lippen. Seine Hände glitten über meinen Körper, über jeden Zentimeter meiner nackten Haut. Ich schob meine Hand unter sein Hemd, während ich ihn immer fordernder küsste, weil ich ihn auch spüren wollte. Ich wollte jeden Millimeter seiner muskulösen Brust erkunden.

Ihn ganz und gar für mich beanspruchen.

Der Gedanke durchdrang den Dunst der Sehnsucht in meinem Kopf. Da war kein Zögern, es fühlte sich einfach *richtig* an.

Ich zerrte an Nates Hemd. Er zog es sofort aus und beugte sich zu einem weiteren Kuss vor. Jedes Mal, wenn seine nackte Haut meine berührte, steigerte sich mein brennendes Verlangen. Er ließ seine Hand an meinem Rücken hinaufgleiten und löste den Verschluss meines BHs. Während er sich bis zu meinem Schlüsselbein vorküsste, umfasste er meine Brust mit seinen starken, geschickten Fingern. Sein Daumen fuhr über meine Brustwarze, woraufhin mich eine Schockwelle der Lust durchströmte. Stöhnend wand ich mich auf seinem Schoß.

Er hob meine Brust an seinen Mund und neckte die

Brustwarze noch fester mit seiner Zunge. Meine Finger krallten sich in seine Schultern. Die Lust strömte von meiner Brust in mein Innerstes, als er erst die eine und dann die andere Brust liebkoste. Seine Hand folgte seinem Mund und streichelte meine Brüste, bis sich beide Brustwarzen zu steifen Spitzen aufrichteten und ich erschauderte.

„Ich liebe es, dir Lust zu bereiten", murmelte Nate, der jetzt an meinem Hals knabberte. „Ich liebe es, dir auf diese Weise zu zeigen, wie viel du mir bedeutest. Ich habe *noch nie* jemanden so sehr gewollt, Ren. Mein Herz wusste immer, dass du diejenige bist, die ich brauche."

Ein bittersüßer Schmerz durchfuhr mich. Er war ein solches Risiko eingegangen, indem er auf mich gewartet hatte. Er hatte das Glück aufgegeben, das direkt vor seiner Nase gewesen wäre, ohne zu wissen, ob ich überhaupt auftauchen würde.

Ich legte meine Hand um seinen Hals und zog ihn in einen noch innigeren Kuss. Meine andere Hand ruhte auf seinem Schoß neben meinen Beinen. Auf seiner erigierten harten Länge, die gegen seine Hose drückte.

Nate stöhnte an meinem Mund. Er fuhr mit seinen Fingern an meinen Hüften auf und ab und kitzelte den Saum meines Höschens. Fragend, aber nicht fordernd. Meine Zunge glitt in seinen Mund, um sich mit seiner zu verschlingen. Einen Moment lang genoss ich den Rausch der Lust, der von unseren sich vermischenden Atemzügen ausging. Dann stieß ich mich von seinem Schoß ab und zog ihn mit mir in Richtung Bett.

„Ich brauche dich auch", sagte ich.

Nate sah mich plötzlich mit einem intensiven Blick

an. Er stand auf und stellte sich vor mich, sodass er über mir aufragte und doch hatte die Position eine beruhigende Wirkung auf mich. Das Wissen, dass mich ein Mann wie er so sehr wollte, sorgte dafür, dass ich mich noch größer fühlte anstatt kleiner. Ich fuhr mit den Fingern über seinen Hosenbund. Sein Atem stockte.

„Ren", keuchte er überrascht. Zärtlich fuhr er mit seiner kräftigen Hand über meine Wange.

„Ich will, dass du mein Gefährte bist", sagte ich und blickte ihn an. „Und ich will deine Gefährtin sein. Von jetzt an bis in alle Ewigkeit."

„Verdammt, ja", erwiderte er. Er beugte sich vor, um seine Lippen wieder auf meine zu pressen. Ich umklammerte seine Schultern, während er uns zurück zum Bett führte. Als meine Beine gegen das Fußende des Gestells stießen, machte ich mich am Knopf seiner Hose zu schaffen. Er zog sie aus, gefolgt von seinen Boxershorts.

Eine Sekunde lang betrachtete ich wie gebannt seinen perfekten Körper. Über ein Meter achtzig aus festen Muskeln und weicher Haut. Sein dicker langer Schwanz ragte steif für mich hervor. Er wurde noch härter, als ich ihn vom Ansatz bis zur Spitze streichelte.

Mit einem kehligen Knurren hob Nate mich hoch und legte mich auf das massive Bett. Sofort machte er sich an meinem Slip zu schaffen, doch der Drang, die Kontrolle zu übernehmen, überkam mich. Ich schubste ihn auf den Rücken und kniete mich über ihn. Er grinste zu mir hoch und umfasste meine Hüfte.

„Du führst. Ich folge dir."

Eine Welle der Zuneigung durchflutete mich. Ich senkte meine Lippen auf seine und küsste ihn lange und intensiv. Doch zwischen meinen Beinen hatte sich zu viel Verlangen angestaut, als dass ich lange hätte warten können. Ich rieb mein Geschlecht an seinem Schwanz und wir stöhnten auf. Mit einem langsamen Atemzug ließ ich mich auf ihn hinabsinken.

Sein Schwanz füllte mich mit einem berauschenden Brennen aus. Wimmernd wiegte ich mich an ihm, bis er ganz in mir war. Er streichelte mit einer Hand meine Brüste, während er die andere über meinen Kitzler gleiten ließ. Die kombinierten Empfindungen lösten eine Flutwelle der Glückseligkeit aus, die alle anderen Gedanken aus meinem Kopf verdrängte.

Ich ritt ihn verzweifelt, auf der Jagd nach meiner Erlösung. Er hob seine Hüften an, um mir entgegenzukommen. Sein Atem ging rasend schnell. Schweißtropfen benetzten seine muskulöse Brust, als ich mich mit den Händen dagegen stemmte.

„Ich will sehen, wie du kommst", flüsterte er, während er mit seinem Daumen über meinen Kitzler strich. „Nimm dir, was du brauchst, Schatz."

Irgendetwas an diesen Worten gab mir den Rest. Das Licht unserer Verbindung flammte zwischen uns auf. Es überflutete mich und ich spürte, dass Nate mich immer beschützen würde.

Ich bewegte mich noch ein paar Mal auf ihm auf und ab und die Lust schoss durch meinen Körper. Keuchend klammerte ich mich an ihn. Er streichelte mich durch die Welle hindurch, in seinen Augen funkelte Anerkennung – und ein noch tieferes Verlangen.

Selbst als alle meine Nervenenden vibrierten, wollte ich noch mehr. Härter, schneller. Ich ließ mich auf ihn hinabsinken und gab ihm zu verstehen, dass ich wollte, dass wir uns umdrehten. Ohne aus mir herauszugleiten, folgte er meinem Wunsch. Ich hob meine Beine auf beiden Seiten seiner Hüften an, um ihm einen noch tieferen Zugang zu ermöglichen.

„Mehr", sagte ich. „Besorg's mir."

Er stieß mit einem Schaudern in mich hinein. „Du fühlst dich so gut an, Ren. So verdammt gut."

Ein Stöhnen entwich meinen Lippen. „Du auch. Gib mir alles. Ich will es. Halt dich ja nicht zurück!"

Mit einem Geräusch, das irgendwo zwischen einem Stöhnen und einem Kichern lag, stieß er schneller zu. Unsere Haut glitt gegeneinander, glitschig vor Schweiß. Jeder Muskel in seinem Körper fühlte sich unter meinen tastenden Händen angespannt an, und er trieb seinen Schaft mit voller Wucht in mich hinein. Genau so, wie ich es brauchte.

Meine Lust schwoll immer weiter an, bis ich vor Verlangen zitterte. Ich wölbte mich nach oben, nahm ihn bis zum Anschlag in mich auf, und ein weiterer Orgasmus durchfuhr mich. Nate zuckte und ich spürte den Schwall heißer Flüssigkeit, der sich in mir ergoss. Er senkte seinen Kopf, während seine Bewegungen langsamer wurden.

Eine Weile lagen wir keuchend da. Ich fuhr mit meinen Fingern über seine Wange, und als er mich anstrahlte, flatterte meine Brust.

„Ich weiß nicht, wie ich so viel Glück haben konnte", sagte er, „aber ich werde auf jeden Fall dafür sorgen, dass ich es verdiene."

„Mmm", sagte ich und zog ihn zu mir herunter, um

mich an ihn zu kuscheln. „Das war ein ausgezeichneter Anfang.“

Ich kuschelte mich an seinen Körper. Sein Herz pochte unter meinem Ohr. Ich drückte einen Kuss darauf und wünschte, wir könnten den Rest des Tages so liegen bleiben.

Seine Finger glitten auf meinem Rücken auf und ab. „Wir müssen bald ein anderes Kleid für dich finden.“

„Ich weiß. Aber noch nicht.“ Noch fünf Minuten, in denen ich nicht an die Feenkönigin denken musste und an das, was sie für uns auf Lager haben könnte – das war alles, was ich wollte.

Ich schmiegte meinen Kopf an seine Schulter und schloss meine Augen, um den Rest der Welt und die Sorgen, die dort lauerten, auszublenden.

# 20

*Ren*

Insekten summten um uns herum, als wir den schmalen Pfad durch den Wald entlang stapften. Der moosige Geruch, der in der Luft lag, war irgendwie angenehm. Der Boden allerdings eher weniger. Ich warf einer hervorstehenden Wurzel, an der ich mir fast den Zeh gestoßen hätte, einen bösen Blick zu.

So viel zu einer Pause vom Wandern nach dem langen Marsch den Berg hinauf und hinunter. Wir waren den größten Teil des Weges zu dem neutralen Treffpunkt, der zwischen dem Anwesen der Vogelwandler und dem Feenreich lag, gefahren. Doch die Feen hielten anscheinend durch Menschenhand geschaffene Transportmittel für abstoßend. Ihnen mit einem motorisierten Fahrzeug entgegenzukommen, wäre eine schwere Beleidigung gewesen. Also gingen wir zu Fuß.

Was, ehrlich gesagt, eine schwere Beleidigung für

meine Füße war, doch noch konnte ich keine Ansprüche stellen.

Es wäre einfacher gewesen, wenn ich wenigstens hätte *fliegen* können, doch Verwandlungen waren immer noch ziemlich neu für mich. Das Letzte, was ich wollte, war, meine Energiereserven aufzubrauchen, bevor wir überhaupt bei dieser Feenkönigin ankamen. Nach allem, was ich gehört hatte, würde ich für diese Konfrontation all meine geistige und körperliche Kraft brauchen.

Meine Alphas waren in ihrer Menschengestalt geblieben, um ebenfalls mit der Königin sprechen zu können, wie ich annahm, und wahrscheinlich auch, um mir Gesellschaft zu leisten. Ein paar von Aarons Sippe hatten sich uns jedoch in ihrer Vogelgestalt angeschlossen. Alice hatte meine Hand gedrückt und mir gesagt, ich solle der Fee die Hölle heiß machen, bevor sie als Adler in die Luft gestiegen war. Auch ein Neuntöter, ein Rabe und ein Albatros flogen über den Wald und hielten Ausschau nach verdächtigen Aktivitäten der Feen.

Aaron ging voran und suchte den Wald mit seinen wachsamen Augen ab, gefolgt von Marco, der sich mit seiner gewohnten katzenhaften Anmut bewegte. West lief so weit hinter mir, wie es ihm möglich war, ohne mit Nate zusammenzustoßen, der die Flankensicherung übernahm.

Die Bindung zwischen mir, meinem Adler und meinem Bären erfüllte mich mit einer wohligen Wärme. Ich war mir jedoch auch meiner anderen beiden Gefährten und ihrer starken Anziehungskraft auf mich bewusst. Dem Drang, auch sie ganz für mich zu beanspruchen. Besonders West. Obwohl er Abstand hielt, kribbelte es in meinem Nacken, als ich seinen Blick auf mir spürte. Eine plötzliche, berauschende Hitze: da, dann weg, dann wieder da.

Ich hob den Rock meines neuen Kleides an, um nicht darüber zu stolpern, als wir einen kleinen felsigen Abhang hinaufstiegen. Das Kleid war aus karmesinroter Seide. Die Farbe drückte aus, dass ich mir nichts gefallen lassen würde.

Und das würde ich tatsächlich nicht, weder von den Feen noch von meinen Gefährten.

Ich verlangsamte mein Tempo, bis West keine andere Wahl hatte, als neben mir herzulaufen. Der Weg war gerade breit genug, dass wir nebeneinander hergehen konnten, obwohl ich mich bewusst bemühen musste, mit meinem Arm nicht den seinen zu streifen. Er blickte geradeaus, die Zähne fest zusammengebissen.

„Wird das von nun an wirklich so zwischen uns sein?", fragte ich. „Dass du den ganzen Tag so tust, als hätte ich dich irgendwie schwer beleidigt?"

„Zu meiner Pflicht als Alpha gehört nicht, dich zu verhätscheln", erwiderte er.

„Ach, bitte. In den letzten zwei Tagen warst du freundlicher zu den Möbeln als zu mir. Ich sage ja nicht, dass du eine Party für mich schmeißen sollst. Ich verstehe nur nicht, warum du mich komplett ausschließt."

Ich hörte ihn schlucken. „Ich glaube, du weißt ganz genau, was das Problem ist, Flamme."

Ein Anflug von Wut, den ich nicht erwartet hatte, schoss durch mich hindurch. Denn ich wusste es nicht. Ich konnte nichts von dem, was er tat, auch nur annähernd nachvollziehen.

Ich hob mein Kinn. „Mir fallen eine ganze Menge

Dinge ein, wegen denen du sauer sein könntest, aber ich habe ehrlich gesagt keine Ahnung, warum du auf *mich* wütend bist. Du willst mein Gefährte sein, aber gleichzeitig auch nicht. Na schön. Nimm dir so viel Zeit, wie du willst, um das herauszufinden. Wann habe ich jemals etwas anderes gesagt? Ich habe dich nie zu irgendetwas gedrängt. Alles, was ich von dir wollte, war ein Kuss, vor zwei Wochen. Also sei sauer auf dich selbst, die Situation oder auf meine Mutter, weil sie die Dinge so gehandhabt hat. Aber ich kann nicht nachvollziehen, warum du deinen Frust an mir auslässt."

Einen Augenblick lang herrschte Stille zwischen uns. Es war nichts zu hören außer dem Knirschen unserer Füße auf dem unebenen Boden. Ich begann mich zu fragen, ob ich ihn noch mehr verärgert hatte. Dann sog West scharf die Luft ein. Seine Stimme klang noch kehliger als sonst.

„Du hast recht. Das war nicht fair von mir. Es tut mir leid."

Etwas von der Anspannung in mir ließ nach. „Also … können wir dann vielleicht wenigstens höflich miteinander umgehen?"

Seine Mundwinkel zuckten. „Vielleicht. Allerdings ist das nicht unbedingt meine Stärke. Fordere dein Glück nicht heraus."

Er hatte nicht viel gesagt, doch die Anspannung zwischen uns schien etwas nachgelassen zu haben. Ich wollte gerade meinen Schritt beschleunigen, um ihm den Freiraum zu geben, den er offensichtlich wollte, als er hinzufügte: „Ich nehme an, wir fahren als Nächstes zum Anwesen des Bärenwandlers."

In seiner Stimme lag ein seltsamer Ton, bei dem mir

schwer ums Herz wurde, obwohl ich nicht genau wusste, warum. „Wie kommst du darauf?"

Er zog eine Augenbraue hoch. „Wir fünf sind alle in gewisser Weise miteinander verbunden, Flamme. Wenn du diese Bindung mit einem vollziehst, sollte dir klar sein, dass wir anderen das mitbekommen."

Bei der Andeutung, dass die anderen Jungs wussten, was Nate und ich vor ein paar Stunden getrieben hatten, wurden meine Wangen heiß.

Aber warum sollten sie es nicht wissen? Irgendwann würden wir ohnehin alle zusammen sein.

Ich rieb mir über den Mund. „Ah. Nun, ja, wahrscheinlich würde es Sinn machen, als Nächstes Nates Sippe zu besuchen. So wie es aussieht."

West gab einen unschlüssigen Laut von sich. Ich war mir nicht sicher, was ich davon halten sollte. Doch das Gespräch schien beendet zu sein, also beschleunigte ich meinen Schritt. Wir mussten uns ohnehin dem Treffpunkt nähern. Ich konnte es mir nicht leisten, mich ablenken zu lassen.

Der Weg machte eine Biegung. Aaron war gerade vor mir aus dem Blickfeld verschwunden. Ich ging noch schneller und meine Nerven kribbelten – plötzlich stürzte eine hell gefiederte Gestalt vor mir vom Himmel herab.

Alice verwandelte sich im Sturzflug, schien jedoch alles unter Kontrolle zu haben. Mit einem dumpfen Aufprall landete sie auf den Füßen, die Hände bereits in Abwehrhaltung erhoben. Aus ihren nackten Füßen ragten noch immer ihre Adlerkrallen. Sie sahen fast so scharf aus wie meine Drachenklauen.

Bevor ich einen weiteren Schritt machen konnte,

schoss Alices rechter Arm hervor, um mich zurückzuhalten. Ich blieb stehen und spitzte die Ohren, konnte jedoch nichts Unheilvolles im Wald um uns herum hören. „Was ist los?"

„Dieser Baum." Sie deutete auf den mächtigen Wacholder, der ein paar Meter vor uns am Ende des Weges stand. „Irgendetwas stimmt nicht mit ihm. Er hat … geleuchtet, als du nähergekommen bist."

Der Baum? Ich legte den Kopf schief, doch für mich sah er immer noch wie eine ganz normale Pflanze aus. Alice, die sich in ihrem nackten Körper völlig wohlzufühlen schien, ging ein paar Schritte darauf zu. Nachdem ich in den letzten Wochen viel Zeit mit Gestaltwandlern verbracht hatte, kam mir ihr selbstverständlicher Umgang mit ihrer Nacktheit nicht mehr ganz so seltsam vor.

Die Muskeln in Alices straffen Körper spannten sich an. Die Jungs waren stehengeblieben und Aaron war ein paar Schritte zurückgegangen. „Was ist los?", fragte er.

„Ich glaube, in diesem Baum befindet sich eine Falle", sagte Alice und stieß mit einem Krallenfuß dagegen. „Aber nur Serenity kann sie auslösen."

Marco schnüffelte. „Es riecht nach Fee. Vermutlich sind sie auf ihrem Weg zum Treffpunkt hier vorbeigekommen."

„Das lässt sich leicht in Erfahrung bringen", sagte ich. „Warum finden wir nicht heraus, was der Baum tut, wenn ich mich nähere? Es sei denn, du bist der Meinung, dass es das Risiko nicht wert ist." Alice hatte offensichtlich deutlich mehr Erfahrung mit solchen Situationen als ich.

Sie presste die Lippen aufeinander, nickte jedoch.

„Langsam. Und mach dich darauf gefasst, dich schnell zurückzuziehen."

Ich machte erst einen und dann noch einen vorsichtigen Schritt. Nichts bewegte sich an dem Baum oder darum herum. Vielleicht hatte sie sich geirrt? Ich vertraute ihrem Instinkt, allerdings waren wir alle ein wenig nervös.

Ich schob meinen Fuß noch ein paar Zentimeter weiter – und auf einmal machte der ganze Baum einen Satz nach vorn. Der Stamm beugte sich vor und die Äste stürzten nach unten, als wollten sie mich packen.

Ich duckte mich und stolperte rückwärts. Alice sprang auf den Baum zu. Sie holte mit ihrem Bein aus und zerbrach einen Ast mit ihren Krallen, bevor sie einen weiteren mit einem Schlag ihres Ellbogens zertrümmerte. Blätter regneten auf mich herab. Ich wich einen weiteren Schritt zurück und spürte bereits ein Kribbeln unter meiner Haut.

Alice stand keuchend da, ihre Lippen zu einem grimmigen Grinsen verzogen. Zweige und abgebrochene Äste bedeckten den Weg. Der angeschlagene Baum hatte sich auf seine ursprüngliche Position zurückgezogen, als hätte er sich nie bewegt.

„Was zum Teufel war das denn?", fragte ich.

„Alice hatte recht", erwiderte Aaron. „Der Baum muss verzaubert sein. Er sollte sich auf dich stürzen, wenn du vorbeikommmst."

„Ein *Feen*zauber", spuckte West. „Wer sonst wäre zu einem solchen Zauber in der Lage?"

Mein Herz klopfte wie wild. „Glaubt ihr, die Königin …"

„Das würde sie nicht wagen", grummelte Nate mit tiefer, dunkler Stimme. In seinen Augen blitzte die Wut seiner animalischen Seite auf.

„Nein, das würde sie nicht", stimmte Marco zu. „Doch wie wir erfahren haben, haben ihre Untergebenen kein Problem damit, Abkommen zu umgehen. Ein paar schwarze Schafe, wie sie es ausdrücken würde."

West fletschte die Zähne. „Das spielt keine Rolle. Wir übernehmen die Verantwortung für die Abtrünnigen. Sie ist für alle Feenwesen verantwortlich."

„Und wir werden dafür sorgen, dass sie dieser Verantwortung nachkommt", sagte Aaron. „Wenn wir sie treffen. Wir sind bald da." Er schaute mich an. „Wenn du einen weiten Bogen um den Baum machst, sollte die Falle nicht wieder aktiviert werden."

Ich nickte. Mit einem letzten Blick auf den Wacholder bahnte ich mir einen Weg durch das Gebüsch auf der anderen Seite des Weges. Der Baum rührte sich nicht. Ich atmete aus, als ich um die Biegung ging und der Weg etwas ebener wurde.

„Ich sollte lieber wieder aus der Luft Ausschau halten, ob sie noch mehr Überraschungen für uns haben", verkündete Alice. Sie ging in die Knie, um vom Boden abzuheben.

„Danke", sagte ich schnell und fing ihren Blick auf. „Ich habe noch nie gesehen, wie jemand gegen einen Baum kämpft, aber du hast das wirklich toll gemacht."

Sie grinste mich an. „Ich lasse mich von nichts und niemandem unterkriegen. Ich gebe dir Rückendeckung, Serenity."

Ich wusste das Versprechen zu schätzen, doch meine

Nerven waren jetzt noch angespannter. Es fiel mir immer schwerer zu glauben, dass die Feenkönigin von all dem nichts wusste. Was auch immer es einmal für eine Freundschaft zwischen den Feenwesen und Drachenwandlerinnen gegeben haben mochte, irgendetwas schien eindeutig schiefgelaufen zu sein.

Die Bäume lichteten sich, bis wir schließlich eine Wiese erreichten, die nur aus Gras und ein paar kleinen rosa Blumen bestand. Der Himmel über uns war strahlend blau. Die warme Brise rauschte leise durch die Äste um uns herum.

Nachdem wir die Lichtung betreten hatten, erschien die Feendelegation auf der anderen Seite. Es mussten mindestens zehn der hochgewachsenen, ausgemergelt wirkenden Gestalten mit der bläulich-weißen Haut sein. Bei ihrem widerlich süßlichen Geruch rümpfte ich die Nase.

Die Frau, die die Prozession anführte, war größer als die anderen. Ihr silbrig-blondes Haar fiel ihr in Wellen über die Schultern und über ihr hauchdünnes Kleid bis zu ihren Knöcheln. Ihre großen Augen glänzten wie schwarze Diamanten und ein schwaches Leuchten ging von ihrem Haar und ihrer Haut aus. Auf ihrem Kopf saß eine Krone aus lebendigen Ranken, doch ich hätte auch so gewusst, dass sie die Königin war.

Mein Rücken versteifte sich, aber ich versuchte, ruhig zu bleiben. Wir gingen auf die Fee in der Mitte der Lichtung zu, Aaron und Nate waren dicht neben mir, während West und Marco vor und hinter mir gingen. Die anderen Vogelwandler kreisten über uns in der Luft.

„Königin", sagte Aaron und senkte den Kopf. „Danke, dass Ihr gekommen seid, um mit uns zu sprechen."

Die Feenfrau wandte kaum ihren Blick von ihm ab, als sie mich mit teilnahmsloser Miene musterte. „Das ist also die neue Drachenwandlerin."

*Das ist also die Frau, die die letzte getötet hat*, wollte ich sagen, hielt mich jedoch zurück. Direkte Mordanschuldigungen waren nicht sonderlich diplomatisch. „Ganz genau. Freut mich, Euch kennenzulernen." *Endlich kann ich ein paar Antworten bekommen.*

„Und was ist der Grund für diese Audienz?", fragte die Königin, die ihren Blick nun wieder ganz auf Aaron richtete. Als ob er ihrer Aufmerksamkeit würdiger wäre als ich.

Ich konnte nicht umhin, ein wenig zu stutzen. „*Ich habe darum gebeten*", sagte ich, „weil ich Fragen über die Anwesenheit der Feen am Berg in Sunridge habe. Und auch, da ich jetzt hier bin, zu einem verzauberten Baum auf dem Weg hierher."

Die Königin runzelte die Stirn, ihre Augen waren vollkommen ausdruckslos. „Sunridge? Der Name kommt mir vage bekannt vor, doch ich kann nicht behaupten, diesem Ort jemals Beachtung geschenkt zu haben. Und ich weiß nichts über irgendeinen Baum."

Natürlich nicht. „Er war verzaubert", sagte ich. „Und zwar so, dass er mich angegriffen hat. Nur eine Fee wäre dazu in der Lage gewesen."

„Seid Ihr Euch da sicher? Ihr hattet noch nicht viel Kontakt mit unserer Art, oder? Ihr wisst doch bisher kaum etwas über Euer eigenes Volk."

Okay, jetzt lagen meine Nerven *wirklich* blank. Sie kam mir also auf diese Tour? Als Nate sich regte, streckte ich meinen Arm aus, um ihn zurückzuhalten. Er musste diesen Kampf nicht für mich führen. Ich würde es als Drachenwandlerin nicht weit bringen, wenn die Feenkönigin nicht lernte, mich zu respektieren.

„Ich weiß genug", sagte ich. „Und wenn ich Anleitung brauche, habe ich meine Alphas. Doch ich konnte auch ohne Hilfe sehen, was Euer Volk meiner Mutter auf diesem Berg angetan hat."

Ein Flackern huschte über das Gesicht der Feenfrau, so schnell, dass es ein normaler Mensch nicht bemerkt hätte. Doch ich war kein Mensch.

„Das Letzte, was ich von Eurer Mutter gehört habe, war, dass sie vor vielen Jahren aus der Sippengemeinschaft geflohen ist", sagte die Königin, doch das war eine Lüge. Ich spürte es mit jeder Faser meines Seins.

Ich richtete mich auf. Vielleicht war ich nicht so groß wie sie, aber ich hatte viel mehr Fleisch auf den Rippen, also musste ich ein wenig einschüchternd wirken. „Es gibt ein Abkommen zwischen Eurem und meinem Volk. Ihr tragt die Verantwortung für die Verbrechen, die Euer Volk begangen hat. Aber versucht es ruhig nochmal, mir ins Gesicht zu lügen."

Hinter mir unterdrückte Marco etwas, das wie ein Kichern klang. Kälte blitzte in den Augen der Königin auf. „*Sind* das Eure Leute?", fragte sie mit schneidender Stimme. „Soweit ich sehen kann, habt Ihr erst zwei von ihnen als Gefährten akzeptiert. Und Ihr wollt mir etwas von Verantwortung erzählen?"

Meine Kehle begann schlagartig zu brennen, Feuer

loderte darin auf. Meine Haut kribbelte, als würden sich jeden Moment Schuppen darauf ausbreiten. Ich konnte den Impuls, mich zu verwandeln, gerade noch kontrollieren. „Es ist immer noch mein Leben. Ich werde meine Entscheidungen treffen, wann ich es für richtig halte. Ich wäre eher dazu bereit gewesen, wenn deine Leute mir meine Mutter nicht weggenommen hätten. Wozu ich allerdings bereit bin, ist, dich für diese Verbrechen zur Rechenschaft zu ziehen.“

Aaron machte einen kleinen Schritt nach vorne. „Als Alpha der Vogelwandler stehe ich voll und ganz hinter Serenity Drake.“

Nate hob den Kopf. „Als Alpha der gemischten Sippe stehe ich voll und ganz hinter Serenity Drake.“

Marco trat neben Aaron. „Als Alpha der Katzenwandler stehe ich voll und ganz hinter Serenity Drake. Und das werde ich für den Rest ihres Lebens tun, wohin es sie auch führen mag.“

Ich hatte ihn noch nie so ernst klingen hören. Ein Teil des Schmerzes, den ich immer noch empfand, fiel von mir ab.

Bevor ich mich fragen konnte, ob ich diese Loyalität auch von dem Wolfswandler erwarten konnte, trat er neben Nate. „Als Alpha der Hundewandler stehe ich voll und ganz hinter Serenity Drake. Wenn sie deinen Respekt einfordert, spricht sie für uns *alle*.“ Er funkelte die Königin an.

Die Fee gab ein leises schnüffelndes Geräusch von sich. „Ich habe Euch gesagt, was ich weiß. Ich habe keine Beweise für diese angeblichen Verbrechen gesehen. Wenn Ihr mich nur wegen grundloser Anschuldigungen hierherbestellt habt, habe ich Euch genug meiner Zeit gewidmet."

Sie drehte sich auf dem Absatz um. Die Diener der Feen traten beiseite, um ihr Platz zu machen.

Sie ließ mich tatsächlich einfach so stehen. Als ob ich keine Autorität hätte. Als ob sie mir *nichts* schuldig wäre, nach allem, was ihr Volk mir genommen hatte.

Nein. Sie würde genau in diesem Moment lernen, dass es ein Fehler war, mich als Drachenwandlerin nicht ernst zu nehmen. Es spielte keine Rolle, wie lange ich weg gewesen war oder was einige der hohen Tiere von mir hielten. Ich war jetzt hier, mit meinen Alphas an meiner Seite, und ich beanspruchte diese Macht für mich.

„Stehenbleiben", schnauzte ich. Meine Stimme wurde bereits heiser. Ich konnte meine Wut gerade noch lange genug im Zaum halten, um mir mein Seidenkleid vom Leib zu reißen, bevor ich mich verwandelte.

Meine Muskeln dehnten sich und spannten, doch das Brennen war angenehm. Feuer glimmte in meinem länger werdenden Hals. Ich richtete mich auf und breitete meine gewaltigen Flügel aus.

Die Feenkönigin wirbelte herum. Als sie unter meinem Drachenkörper stand, sah sie plötzlich gar nicht mehr so groß aus. Ich schaute sie mit zusammengekniffenen Augen an. Sie schenkte mir ein kaltes Lächeln. Eine schimmernde magische Energie umgab ihren Körper.

„Der Versuch, mir etwas anzutun, wäre ein kriegerischer Akt", höhnte sie.

Doch ich wollte ihr nichts antun. Nein, das Kribbeln in meiner Kehle war das Feuer des Kristalls, die Flamme der Wahrheit. Ich hatte Angst gehabt, sie einzusetzen, dabei war diese Angst unbegründet. Diese Macht *gehörte* mir, und ich vertraute mir selbst. Diese Frau sollte ruhig wissen, mit wem sie es zu tun hatte.

Ein Ring des Verlustes hatte sich um mein Herz gelegt und ich öffnete den Mund und nahm einen tiefen Atemzug.

Flammen ergossen sich über die Königin und zerschmetterten ihren Schutzschild. Ihre Diener kreischten. Doch die Flammen bestanden nicht aus dem grellen gelb- und orangefarbenen Feuer, das sie zu Asche verbrannt hätte. Stattdessen loderten sie weiß und violett und umgaben die Feenfrau mit scharfen Scherben aus Licht.

Die Flamme brannte sich bis zur Wahrheit durch.

Sie riss die Augen auf und ihre Lippen öffneten sich, während sie ihren Hals umfasste, als würde sie versuchen, ihre Stimme zurückzuhalten. Doch sie sprudelte trotzdem heraus und drang stockend durch das Feuer.

„Ich habe vom Tod deiner Mutter gehört", stieß sie hervor. „Ich wusste, dass eine Gruppe Feen dafür verantwortlich war. Da niemand sonst davon wusste, reagierte ich nicht darauf. Ich bestrafte sie nicht. Außerdem bekam ich mit, dass sich auch einige andere gegen die Gestaltwandler ausgesprochen haben. Ich habe sie nicht ermutigt, aber ich habe sie auch nicht aufgehalten. Falls jemand heute Magie gegen Euch eingesetzt hat, kann ich mir denken, wer es war."

Nach ihrem Geständnis scharten sich die Diener wieder um sie und starrten sie fassungslos an. Aaron fixierte sie mit einem stählernen Blick. „Warum habt Ihr diese Verbrechen auf sich beruhen lassen?"

Die Königin verzog die Lippen, aber meine Flammen umgaben sie immer noch. „Es war einfacher für uns, als Chaos in der Gestaltwandler-Gemeinschaft herrschte. Wir konnten mehr Gebiete für uns beanspruchen und mehr Kompromisse ablehnen. Deshalb wollte ich diesen Zustand aufrechterhalten."

Ihr Geständnis ließ mich innerlich zusammenzucken. Das Feuer, das in meinem Hals kitzelte, wurde noch heißer. Ich wollte *sie* für all das Leid, das sie zugelassen hatte, bestrafen. Doch ich zügelte meinen Zorn und spuckte einen weiteren Schwall der Wahrheitsflammen auf sie. Meine Drachengestalt begann unter der Belastung dieser ungewohnten Macht zu zittern.

„Werdet Ihr Serenitys und unsere Autorität von nun an akzeptieren?", fragte Nate.

„Ja", keuchte die Fee. „Mir bleibt nichts anderes übrig."

Die Antwort gefiel mir nicht. Doch ich konnte keine weiteren Flammenstöße erzeugen. Ich ließ sie versiegen, wobei es mir gerade so gelang, meine Drachengestalt beizubehalten. Ich blickte auf sie hinab.

Die Königin fuhr sich mit den Händen über die Arme, als wolle sie das Feuer vertreiben, das bereits erloschen war. Sie blickte zu mir auf. Zum ersten Mal sah ich Angst in ihren Augen. Furcht – und darunter einen Hauch von Wut.

Diesmal hatte ich sie geschlagen, doch das würde sie nicht vergessen. Welcher Konflikt sich auch immer zwischen den Feen und den Gestaltwandlern zusammengebraut hatte, er war noch lange nicht ausgestanden.

„Die Anschuldigungen scheinen nicht mehr so ‚haltlos‘ zu sein, nun, da Ihr zugegeben habt, dass sie wahr sind, Königin“, sagte Marco hochmütig. „Wie soll es weitergehen?“

„Ich werde Wiedergutmachungsarbeit leisten“, sagte sie. „Alle Feenwesen, die in irgendeiner Weise gegen die Gestaltwandler gehandelt haben, werden gemäß unserem Abkommen bestraft werden. Auch in der Zukunft, wenn ich davon erfahre. Ihr habt mein Wort.“

Dieser letzte Satz verweilte mit einer übernatürlichen Endgültigkeit in der Luft. Zumindest in diesem Punkt konnten wir ihr vertrauen. Vermutlich konnten wir nicht von ihr verlangen, den Gestaltwandlern gegenüber bestimmte *Gefühle* zu hegen.

Ich neigte den Kopf, blinzelte sie an, und ein Schauer durchzuckte ihren mageren Körper. „Ist die Angelegenheit damit erledigt?“, fragte sie.

„Abgesehen von einer Sache“, erwiderte Aaron. „Wenn Ihr Eure Leute, die gegen uns gehandelt haben, konfrontiert, dann sollte das auch all diejenigen betreffen, die abtrünnigen Gestaltwandlern geholfen haben, uns oder unsere Gemeinschaft anzugreifen. Sind wir uns da einig?“

Sie nickte knapp. „Einverstanden.“

Sie warf mir einen letzten Blick zu, bevor sie sich mit einem Schwung ihres wallenden Haars umdrehte. Der Blick sagte mir, dass sie sich für den Moment geschlagen gab, allerdings nicht für immer.

Doch das genügte mir vorerst.

Als die Feen wieder im Wald verschwunden waren,

verwandelte ich mich zurück. Mein Körper sackte zitternd zusammen. Meine Kehle schmerzte plötzlich und ich schnappte nach Luft. Die Macht, die mir verliehen worden war, hatte sich unglaublich angefühlt, doch mein ganzer Körper pochte.

Nate reichte mir mein Kleid. Ich zog es an, während ich langsam die Fassung wiedererlangte. „Gut", sagte ich. „Lasst uns nach Hause gehen."

# 21

„Keine Ahnung, warum ich so durch den Wind bin“, sagte Ren. „Schließlich wusste ich schon, dass sie tot ist und dass die Feen sie umgebracht haben.“

Sie rieb sich mit der Hand über ihr Gesicht. Wir standen in ihrem Schlafzimmer vor dem Spiegel, wo sie ihre dunkelbraune Mähne gekämmt hatte. Ihr Haar fiel ihr in sanften Wellen über die Schultern und den Ausschnitt des blaugrünen Kleides, das sie für die Abschiedsgala heute Abend gewählt hatte. Morgen würden wir zu meinem Anwesen im Süden weiterziehen.

Ich legte meine Hand auf ihren Rücken, und sie lehnte sich sofort an mich. Sie zu berühren hatte mein Herz immer zum Klopfen gebracht, doch nichts war mit der Hitze der Verbindung vergleichbar, die jetzt zwischen uns pulsierte. Die Bindung sollte so lange halten, wie wir beide lebten.

„Du wusstest nicht, wie viel Zustimmung diese Feen

von ihrer Herrscherin hatten", sagte ich. „Du hast gehört, wie sie über den Mord an deiner Mutter geredet hat, als würde er für sie keine Rolle spielen. Natürlich bist du deswegen aufgewühlt."

„Ja. Vermutlich." Sie holte tief Luft und straffte ihre Schultern. „Also auf ins Getümmel."

Mit einem Glucksen nahm ich ihre Hand, als wir zur Tür gingen. „Vergiss nicht, dass du getan hast, weswegen du hergekommen bist. Wir können deine Mutter nicht zurückbringen, aber wir werden ihr Gerechtigkeit verschaffen. Und du hast die Macht, von der sie wollte, dass du sie bekommst."

Im Hof vor dem Anwesen der Vogelwandler tummelten sich bereits mehrere Gestaltwandler, wie schon bei unserer Ankunft vor zwei Tagen. Eine Band spielte auf den Stufen eine flotte Melodie, und überall wurde getanzt. Ren wiegte sich an meinem Arm im Takt der Musik. Was Tanzen betraf, hatte ich jedoch zwei linke Füße.

„Ich glaube, ich übergebe dich besser an Aaron, wenn du tanzen willst", meinte ich grinsend. Der Adlerwandler war bereits auf dem Weg zu uns.

„Ich bin gleich wieder da", sagte Ren und gab mir einen flüchtigen Kuss auf die Lippen. Ich beobachtete, wie Aaron sie an der Hand nahm und im Rhythmus der Musik herumwirbelte. Unsere Drachenwandlerin lachte, ihre Augen leuchteten, und mir wurde warm ums Herz.

Sie hatte ihr Zuhause hier bei uns gefunden, trotz all der Tragödien ihres bisherigen Lebens.

„Und *dafür* riskieren wir unser Leben", murmelte eine Stimme direkt hinter mir.

Der Grizzly in mir sträubte sich automatisch. Als ich

mich umdrehte, erblickte ich eines der Paare, die Ren beim gestrigen Abendessen gegenübergesessen hatten – eines der Paare, die sie für jeden kleinen Fehler kritisiert hatten. Der Mann war derjenige, der gesprochen hatte. Die Frau schüttelte bestürzt den Kopf.

„Ich weiß. Es ist beschämend."

Ich biss die Zähne zusammen und unterdrückte ein Brüllen. Es juckte mich in den Fingern, meine Krallen auszufahren und diese beiden Vogelköpfe zusammenzuschlagen. Meine Hände ballten sich zu Fäusten – dann erinnerte ich mich daran, was Ren zu mir gesagt hatte.

Sie würde nicht wollen, dass ich ihr zuliebe mitten auf der Party eine Szene machte. Ich konnte sie verteidigen, ohne in den Bärenmodus zu verfallen.

„Man könnte fast meinen–", begann der Mann, und ich räusperte mich und drehte mich ganz zu ihnen um.

„*Was* könnte man fast meinen?", fragte ich mit so tiefer, leiser Stimme, dass sie fast bedrohlich wirkte.

Die beiden erschraken, ihre Haltung versteifte sich. Der Mann biss die Zähne zusammen. „Ich darf meine eigene Meinung über die Leute haben, die über uns herrschen."

„Stimmt", sagte ich. „Aber wenn du gesehen hättest, wie Serenity heute die Feenkönigin in die Knie gezwungen hat, würdest du sicher anders reden. Oder glaubst du, die Feen würden bei *deinem* Anblick anfangen zu zittern?"

Sein Mund öffnete sich und schloss sich wieder, als er um Worte rang. Ja, das hatte ich mir gedacht.

„Du kannst die Wachen fragen, die uns begleitet haben, wenn du dem Wort deines Alphas nicht traust", fügte ich hinzu. „Sie werden dir sagen, wie mächtig unsere Drachenwandlerin ist."

„Das werden wir", sagte die Frau. Sie packte ihren Mann am Ellbogen und zog ihn weg. Das war auch gut so, denn wenn sie weiter auf Ren herumgehackt hätten, hätte ich meine animalischen Instinkte wahrscheinlich nicht länger im Zaum halten können.

„Verteidigst du wieder mal die Ehre unserer Drachenwandlerin?", fragte West trocken. Er war neben mir aufgetaucht, während ich abgelenkt gewesen war.

Ich warf dem Wolfswandler einen finsteren Blick zu. „Wenn du hier bist, um zu lästern, will ich es nicht hören. Nach heute Nachmittag musst selbst du zugeben, dass sie etwas Besonderes ist."

Wests Blick wanderte an mir vorbei zu Ren, die immer noch mit Aaron tanzte. Ihr Haar wehte, als er sie herumwirbelte und ihr Gesicht strahlte vor Freude und Liebe. Ich konnte mir nicht vorstellen, wie das einer von uns mit ansehen konnte, ohne dahinzuschmelzen.

Und vielleicht konnte das auch keiner von uns. Wests Blick wurde etwas weicher. Genauso wie seine Stimme. „Vielleicht tue ich das ja", sagte er. „Zu sehen, wie die Königin den Schwanz eingezogen hat und abgehauen ist … Das war wirklich was Besonderes, oder?"

Glühender Stolz erfüllte meine Brust. „Das war unsere Drachenwandlerin."

Das war meine Gefährtin.

~

Ren

. . .

Die Menge um Aaron und mich herum wurde plötzlich still. Wir hatten gerade eine Pause gemacht, um zu verschnaufen, nachdem wir drei Lieder lang durchgetanzt hatten. Ich blickte auf und mein Körper spannte sich an.

Eine dünne, blasse Gestalt war am Rande des Hofes aufgetaucht und leuchtete in der Dunkelheit. Ein Feenmann. Er hob seine Hand und machte eine Bewegung, die, wie ich instinktiv wusste, bedeuten sollte, dass er in Frieden kam. Er hatte nichts Böses im Sinn.

Das hieß allerdings nicht, dass ich mich freute, ihn zu sehen.

Aaron ging auf den Feenmann zu, und ich folgte ihm. Der Mann hörte auf, sich suchend umzusehen, als sein Blick auf uns fiel. Er streckte seine andere Hand aus, die etwas heller leuchtete.

„Die Königin möchte, dass Ihr wisst, dass sie ihr Wort halten wird", sagte er und bewegte seine Hand nach oben.

Ein paar winzige Lichter tauchten über unseren Köpfen auf. Die Fragmente funkelten und verschwanden in der kühlen Nachtluft.

„Was–", begann ich, doch der Feenmann war bereits verschwunden. Ein erschrockenes und ehrfürchtiges Raunen ging durch die Menge. Ich wandte mich an Aaron. „Was sollte das denn?"

Mit ernster Miene blickte er zum Himmel hinauf, die Lichter waren verschwunden. „Die Königin hat sich an die Bedingungen des Abkommens gehalten, gemäß ihren Gesetzen. Die Lichter der Feen, die uns und deiner Mutter schaden wollten, wurden ausgelöscht."

„Oh." Mein Magen verkrampfte sich. Ich folgte seinem Blick und dachte an die ausgelöschten Leben.

So wie sie das Leben meiner Mutter ausgelöscht hatten, und das des Abtrünnigen, der uns laut der Feenfrau in den Bergen verfolgt hatte. So gingen die Feen anscheinend vor. Schnell und brutal.

Nicht gerade die Art von Feinden, die ich haben wollte.

„Der Konflikt zwischen uns und ihnen ist noch nicht vorbei, oder?", fragte ich.

Aarons Mund verzog sich zu einer grimmigen Linie. „Nein, ich glaube nicht. Aber egal, was sie vorhaben, wir sind besser vorbereitet als je zuvor. Außerdem hat meine Sippe jetzt gesehen, dass du sie in der Hand hast."

Er sah mich an und lächelte. Ich konnte nicht anders, als zurückzulächeln. Vielleicht war es in Ordnung, so zu tun, als wären all unsere Probleme gelöst, nur für den Moment.

Als die Nacht um uns herum immer dunkler wurde, neigten sich die Feierlichkeiten dem Ende zu. Meine Augenlider waren schwer, als ich mich mit meinen vier Alphas durch den Flur des Anwesens in Richtung meines Quartiers schleppte.

Als ich meine Tür erblickte, zog sich mein Herz sehnsuchtsvoll zusammen. Meine Gedanken wanderten sieben Jahre zurück zu den Nächten, in denen ich mich in der leeren Wohnung meiner Mutter verkrochen und mit immer weniger Hoffnung darauf gewartet hatte, ihren Schlüssel in der Tür zu hören.

Ich wollte mich nie wieder so allein fühlen. Das sollte ich auch nicht, jetzt, wo ich meine Gefährten gefunden hatte. Doch nur zu wissen, dass sie auf der anderen Seite dieser Wände sein würden, reichte mir auf einmal nicht mehr.

Als Nate sich auf den Weg zu seinem eigenen Quartier machte, hielt ich ihn auf. „Warte. Kannst du bei mir bleiben?" Mein Blick glitt über meine anderen Gefährten: Aaron ruhig und gefasst, Marco amüsiert, aber leicht unsicher, West, schroff wie immer. „Ihr alle. Ich möchte, dass ihr alle bei mir bleibt. Bitte? Mehr verlange ich nicht. Ich will nur nicht allein schlafen."

Ich wusste, dass ich Aaron und Nate nicht wirklich fragen musste. Marco schenkte mir sein verschmitztes Lächeln und sagte: „Dein Wunsch ist mir Befehl, Flammenprinzessin." West sah aus, als würde er sich einen finsteren Blick verkneifen, neigte allerdings den Kopf, als wolle er sagen, dass er der Bitte nur widerwillig nachkommen würde.

Offenbar kam er zu dem Schluss, dass er es auch tatsächlich sagen musste. Ich hielt die Tür auf, während sie alle eintraten, und er blieb vor mir stehen. „Hör zu, Flamme, was ich vor der Feenkönigin gesagt habe, bedeutet nicht, dass–".

Ich verdrehte die Augen. „Natürlich", sagte ich. „Keine Verpflichtungen. Und jetzt komm. Ich bin erschöpft – du nicht?"

Ich legte mich in die Mitte des riesigen Bettes, inmitten der vielen Kissen. Die Jungs krochen neben mir hinein, Nate und Aaron kuschelten sich links und rechts von mir an mich. Marco und West hielten etwas mehr Abstand, doch damit hatte ich gerechnet. Ich konnte immer noch spüren, wie mich unser Band warm und fest umschloss. Tief in meinem Inneren wusste ich, dass wir fünf zusammen sein sollten.

Meine Nerven beruhigten sich und ich entspannte mich. Ich schlief ein, umgeben von der Gewissheit, dass ich genau dort war, wo ich hingehörte, ganz gleich, welche Probleme auf mich zukommen würden.

Ein wildes Klopfen riss mich aus dem Schlaf. Ich blinzelte in den dunklen Raum. Meine Gefährten, die neben mir lagen, rührten sich. Einer der Jungs ging mit einem Seufzen, das ich als das von West erkannte, zur Tür. Auch wir anderen setzten uns auf. Ich rieb mir die verschlafenen Augen, mein Herz hämmerte.

„Was ist los?", murmelte West, als er die Tür öffnete.

Eine zittrige Stimme drang durch das Wohnzimmer zum Bett. „Wir haben gerade eine Nachricht erhalten. Es hat einen Angriff auf das Anwesen des Bären-Alphas gegeben."

# ÜBER DEN AUTOR

Eva Chase ist eine Amazon Top 100-Bestsellerautorin für Urban Fantasy und paranormale Liebesromane. Sie ist mit Magie, Chaos und Herzschmerz aufgewachsen und bringt alle drei Elemente in ihre Geschichten ein. Aber keine Angst vor dem gefürchteten Liebesdreieck - Evas Heldinnen müssen sich nie entscheiden. Online findet man sie unter www.evachase.com.